AMERICANA

COMPAGNIE K

William March

COMPAGNIE K

Roman

Traduit de l'américain
par Stéphanie Levet

Collection AMERICANA
dirigée par Philippe Beyvin

Titre original :
Company K

Copyright © 1933 by William March
All rights reserved

© Éditions Gallmeister, 2013
pour la traduction française

ISBN : 978-2-35178-068-8
ISSN : 1956-0982

*À Ed Roberts,
un ami constant*

TABLEAU D'EFFECTIFS

Soldat Joseph Delaney 15
Soldat Rowland Geers 18
Caporal Jerry Blandford 20
Caporal Pierre Brockett 22
Soldat Archie Lemon 23
Caporal Walter Rose 25
Soldat Samuel Updike 26
Sergent Michael Riggin 27
Sergent Theodore Donohoe 29
Capitaine Terence L. Matlock 30
Adjudant-chef Patrick Boss 32
Soldat Roger Jones 33
Soldat Carter Atlas 35
Soldat Lucien Janoff 37
Soldat Thomas Stahl 39
Sergent James Dunning 41
Sergent Wilbur Tietjen 43
Soldat Jesse Bogan 45
Soldat Philip Calhoun 47
Soldat Edward Romano 49
Lieutenant Edward Bartelstone 51
Soldat Jacob Geller 53
Soldat Walter Landt 55
Soldat Graley Borden 56
Lieutenant Thomas Jewett 57
Soldat Stephen Carroll 59
Soldat Carroll Hart 61

Soldat William Anderson 62
Soldat Martin Dailey 64
Soldat Henry Demarest 65
Caporal Lloyd Somerville 67
Soldat Lawrence Dickson 69
Soldat Nathan Mountain 70
Soldat Christian Geils 72
Soldat Mark Mumford 74
Soldat Bernard Glass 76
Soldat John Townsend 77
Soldat Wilbur Halsey 79
Soldat Harry Waddell 81
Soldat Benjamin Hunzinger 83
Soldat Plez Yancey 85
Lieutenant Archibald Smith 86
Soldat Edward Carter 88
Soldat Emile Ayres 90
Soldat Martin Appleton 91
Soldat Leslie Westmore 92
Soldat Sylvester Wendell 94
Soldat Ralph Brucker 96
Soldat Byron Long 97
Soldat Philip Wadsworth 98
Soldat Alex Marro 101
Soldat John McGill 103
Soldat Sidney Borgstead 105
Soldat Allan Methot 108
Soldat Danny O'Leary 110
Soldat Jeremiah Easton 111
Soldat William Mulcahey 113
Sergent Julius Pelton 114
Caporal Clarence Foster 116
Soldat Walter Drury 118
Soldat Charles Gordon 120
Soldat Roger Inabinett 122
Soldat Richard Mundy 124

Soldat Howard Nettleton 126
Soldat Harland Perry 128
Soldat Albert Nallett 130
Soldat Robert Nalls 132
Soldat Oswald Pollard 134
Soldat Martin Passy 135
Soldat Leo Hastings 137
Soldat Silas Pullman 138
Soldat Samuel Quillin 140
Soldat Abraham Rickey 142
Soldat Wilbur Bowden 144
Soldat Eugene Merriam 147
Soldat Herbert Merriam 149
Soldat Peter Stafford 151
Soldat Sidney Belmont 153
Soldat Richard Starnes 154
Caporal Frederick Willcoxen 156
Sergent Marvin Mooney 158
Soldat Oliver Teclaw 159
Soldat Franklin Good 160
Le soldat inconnu 162
Soldat Charles Upson 166
Caporal Stephen Waller 167
Soldat Leo Brogan 168
Soldat Robert Armstrong 176
Soldat Christian Van Osten 178
Soldat Albert Hayes 181
Soldat Andrew Lurton 182
Soldat Howard Bartow 184
Soldat William Nugent 186
Soldat Ralph Nerion 188
Soldat Paul Waite 190
Sergent Jack Howie 192
Soldat Arthur Crenshaw 195
Soldat Everett Qualls 197
Soldat Harold Dresser 199

Soldat Walter Webster..200
Soldat Sylvester Keith 202
Soldat Leslie Jourdan 204
Soldat Frederick Terwilliger..206
Soldat Colin Wiltsee...208
Soldat Roy Howard..210
Soldat Theodore Irvine...213
Soldat Howard Virtue 215
Soldat Leslie Yawfitz...217
Soldat Manuel Burt..218
Soldat Colin Urquhart 225
Lieutenant James Fairbrother.......................................226
Soldat Rufus Yeomans 228
Soldat Sam Ziegler...229

Soldat Joseph Delaney

Nous avons dîné et nous nous sommes assis sous notre porche, ma femme et moi. Il ne fera pas nuit encore avant une heure et ma femme a sorti un peu de couture. C'est rose avec des dentelles partout, quelque chose qu'elle fait pour une de ses amies qui va bientôt se marier.
Tout autour de nous, nos voisins arrosent leur pelouse ou sont assis sous leur porche, comme nous. De temps en temps, nous nous adressons à un ami qui passe, qui nous salue ou s'arrête pour bavarder un moment, mais la plupart du temps nous restons assis en silence...
Je pense encore au livre que je viens d'achever. Je me dis : J'ai enfin fini mon livre, mais est-ce que j'ai bien accompli ce que j'avais prévu de faire ?
Puis je pense : Au début, ce livre devait rapporter l'histoire de ma compagnie, mais ce n'est plus ce que je veux, maintenant. Je veux que ce soit une histoire de toutes les compagnies de toutes les armées. Si ses personnages et sa couleur sont américains, c'est uniquement parce que c'est le théâtre américain que je connais. Avec des noms différents et des décors différents, les hommes que j'ai évoqués pourraient tout aussi bien être français, allemands, anglais, ou russes d'ailleurs.
Je pense : Je voudrais qu'il y ait un moyen de prendre ces récits et de les épingler sur une immense roue, à chaque récit sa punaise jusqu'à ce que le cercle soit bouclé. Et puis j'aimerais faire tourner la roue de plus en plus vite, jusqu'à ce que les choses que j'ai rapportées prennent vie et soient recréées, et qu'elles finissent par se fondre avec la roue, emportées les unes

vers les autres et se chevauchant ; chacune devenant floue en se mêlant aux autres pour former un tout composite, un cercle de douleur sans fin... Ce serait l'image de la guerre. Et le bruit que ferait la roue, et celui des hommes eux-mêmes qui rient, hurlent, jurent ou prient, serait, sur fond de murs qui s'écroulent, de balles qui sifflent, d'obus qui explosent, le bruit même de la guerre...

Nous étions silencieux depuis un long moment quand ma femme a parlé :

— J'enlèverais le passage sur l'exécution des prisonniers.

— Pourquoi ? je lui ai demandé.

— Parce que c'est cruel et injuste de tirer de sang-froid sur des hommes sans défense. C'est peut-être arrivé quelques fois, d'accord, mais ce n'est pas représentatif. Ça n'a pas pu se passer souvent.

— La description d'un bombardement aérien, ça serait mieux ? Ce serait plus humain ? Ce serait plus représentatif ?

— Oui, elle a dit. Oui. Ça, c'est arrivé souvent, on le sait.

— Alors, c'est plus cruel quand le capitaine Matlock ordonne l'exécution de prisonniers, parce qu'il est tout simplement bête et qu'il estime que les circonstances l'exigent, que quand un pilote bombarde une ville et tue des personnes inoffensives qui ne se battent même pas contre lui ?

— Ce n'est pas aussi révoltant que de tirer sur des prisonniers, s'est entêtée ma femme.

Et puis elle a ajouté :

— Tu comprends, le pilote ne peut pas voir l'endroit où tombe sa bombe, ni ce qu'elle fait, il n'est donc pas vraiment responsable. Mais les hommes de ton récit, eux, les prisonniers étaient sous leurs yeux... Ce n'est pas la même chose du tout.

Je suis parti d'un rire amer.

— Tu as peut-être raison, j'ai dit. Tu as peut-être formulé là quelque chose d'inévitable et de vrai.

Alors ma femme a tendu le bras pour me prendre la main.

— Tu me crois dure et indifférente, elle a dit, mais ce n'est pas le cas, chéri, je t'assure.

Je suis resté assis en silence ensuite, à regarder les enfants Ellis de l'autre côté de la rue en train de jouer sur leur pelouse, de rire, de crier. On était au début du mois de juin et une légère brise apportait l'odeur poivrée des œillets et des gardénias. Petit à petit, le jour a commencé à décliner et ma femme a rangé sa couture, bâillé et s'est frotté les yeux. Tout autour de nous se succédaient les pelouses vertes et bien entretenues, leurs fleurs écloses et leurs arbustes alignés au pied des façades et des clôtures. Bizarrement, la vue de cette étendue verte et lisse m'a rappelé les anciens champs de bataille que j'ai vus...

On reconnaît toujours un ancien champ de bataille où beaucoup d'hommes ont perdu la vie. Le printemps suivant, l'herbe sort plus verte et plus luxuriante que dans la campagne alentour; les coquelicots sont plus rouges, les bleuets plus bleus. Ils poussent dans le champ et sur les flancs des trous d'obus et ils s'inclinent à se toucher presque au-dessus des tranchées abandonnées, un tapis de couleur qui ondule sous le vent tout le long du jour. Ils enlèvent à la terre éventrée ses béances et ses plaies et lui redonnent une surface douce et vallonnée. Prenez un bois, par exemple, ou un ravin : un an après, jamais vous ne pourriez deviner les choses qui s'y sont passées.

J'ai fait part de mes réflexions à ma femme, mais elle m'a répondu qu'il n'était pas difficile de comprendre ce qui arrivait aux champs de bataille : le sang des hommes tués au combat et les corps enterrés sur place fertilisent le sol et favorisent la croissance de la végétation. C'est parfaitement naturel m'a-t-elle dit.

Mais je n'arrivais pas approuver cette explication trop simple : il m'a toujours semblé que Dieu était tellement écœuré par les hommes et par leur cruauté sans fin les uns envers les autres, qu'il recouvrait les endroits où ils ont été aussi vite que possible.

Soldat Rowland Geers

Il avait neigé sans interruption, la campagne de Virginie était blanche et tranquille ; les exercices en ordre serré étaient impossibles ce jour-là, alors le capitaine Matlock nous avait emmenés faire une longue marche dans les montagnes. Au retour, on était tellement en joie qu'on a commencé à doubler le pas de notre propre chef, en criant à tue-tête et en nous lançant des boules de neige. Arrivés au dernier sommet, on a regardé en bas. Le soir tombait et en dessous de nous, dans la vallée, les lumières de la caserne commençaient à s'allumer. Et puis Ted Irvine a lâché un cri, il s'est mis à dévaler la pente à toute allure, et en un rien de temps on avait tous rompu les rangs, on courait derrière lui en nous bousculant et en riant et on s'entassait dans les dortoirs.

Comme il restait une heure avant le dîner, avec Walt Webster on a décidé d'aller se laver, mais quand on est arrivés aux douches, on s'est rendu compte qu'il y avait pas d'eau chaude et pendant une minute on est restés plantés là, sans nos vêtements, à grelotter. Et puis on a retenu notre souffle et on s'est jetés sous l'eau froide, on a fait des bonds, on s'est donné des coups dans la poitrine, jusqu'à ce qu'on sente la chaleur recommencer à circuler dans notre corps.

— C'est fabuleux, j'ai dit. C'est fabuleux, Walt !

Mais Walt, qui chantait n'importe quoi à pleins poumons, simplement parce qu'il était jeune et qu'il débordait de vie, s'est arrêté tout à coup, il m'a soulevé dans ses bras puissants, il m'a emmené jusqu'à la porte des douches et il a essayé de m'envoyer dans un tas de neige. J'ai serré les jambes autour de lui et j'ai tenu bon, et on a atterri ensemble dans le tas. On s'est bagarrés dans la neige, on gesticulait tous les deux en riant. Les autres gars du dortoir nous ont vus et bientôt tous les hommes de la compagnie se vautraient nus dans la neige en poussant des cris d'euphorie.

Walt s'est levé, il s'est frappé les cuisses et il s'est mis à chanter comme un coq.

— Ramenez-moi donc l'armée allemande au complet! qu'il gueulait. Ramenez-les tous, un à un. Je m'en vais tous vous les écraser!

Caporal Jerry Blandford

Assise à côté de moi au comptoir, il y avait une fille qui avait l'air gentille, enfin c'était une femme plutôt, vingt-huit ou trente ans, on s'est mis à parler. J'ai attrapé sa note, mais elle s'est rebiffée.

— Je crois que c'est à moi de payer cette note, elle a dit en riant.

Et puis on est sortis du drugstore et on a descendu la rue. Je lui ai raconté combien j'avais attendu ma permission et comme j'étais déçu. C'était pas bien drôle quand on ne connaissait personne. Comme j'allais nulle part en particulier, je marchais dans la même direction qu'elle, mais finalement elle a dit qu'elle devait rentrer.

— Alors, au revoir, elle a dit en me tendant la main.

— Ne me quittez pas, j'ai répondu. Venez à l'hôtel avec moi. Je ne vous insulte pas, j'ai dit. Je vous respecte. Je cherche pas à vous insulter.

Elle a réfléchi un instant et puis elle a secoué la tête.

— Je veux juste que vous soyez avec moi, j'ai dit. Je veux sentir l'odeur de l'eau de Cologne sur la peau d'une femme et je veux la voir les cheveux défaits. Je vous ferai rien que vous ne voulez pas. Je vous toucherai même pas, sauf si vous dites que je peux...

— Vous devez avoir une toute petite opinion de moi, pour penser que je suis le genre de femme qu'on peut ramasser dans la rue.

— Non, j'ai dit. Je vous respecte. Si je vous respectais pas, je vous demanderais pas de venir. Si c'était une fille publique

que je voulais, j'en trouverais cinquante, et vous le savez. Je vous respecte, j'ai répété. Vraiment.
Elle est restée là à me regarder. Et puis elle a secoué la tête.
— Je suis désolée, elle a dit.
— J'embarque la semaine prochaine, j'ai dit. Dans un mois, peut-être, je serai tué. J'aurai peut-être jamais plus la chance d'être encore une fois avec une femme bien...
Alors elle a pris sa décision tout à coup.
— Très bien, elle a dit. Je viens. Je resterai avec vous sans vous quitter une seconde jusqu'à la fin de votre permission. Allez chercher vos affaires, on va se présenter dans un autre hôtel comme mari et femme.
— Je vous mettrai pas dans l'embarras. Je saurai me tenir, et je dirai rien aux copains.
— Je m'en moque, elle a dit. Je me moque de qui sera au courant. Je ne viendrais pas si je m'en souciais.
Et elle a glissé son bras sous le mien et on est partis.

Caporal Pierre Brockett

On savait qu'en règle générale ils refusaient de vendre aux soldats en uniforme, mais ce bar-là était à l'écart et on a pensé qu'on arriverait peut-être à convaincre le barman. Donc on est entrés tous les trois et on s'est accoudés au comptoir.

— Et pour ces messieurs, qu'est-ce que ça sera ? nous a demandé le barman d'un ton poli.

— Un rye sec pour moi, j'ai commencé.

— Un rye avec une bière pour moi, a continué Bill Anderson.

— Moi, ça sera un scotch, a fait Barney Fathers.

Le barman a pris une bouteille et puis il l'a reposée.

— Vous êtes bien pressés, les gars, là ? il nous a demandé.

— Non, on a tous répondu en chœur, oh, non, on a tout notre temps !

— Parfait, alors, a dit le barman. Restez donc là jusqu'à la fin de la guerre et je me ferai un plaisir de vous les servir, vos verres.

Soldat Archie Lemon

Notre quatrième jour de traversée est tombé un dimanche, et ce matin-là le capitaine a fait dire l'office sur le pont. C'était le mois de décembre, mais le soleil brillait sur l'eau tout autour et la lumière se réfléchissait dans les cuivres du navire à nous aveugler. Il faisait presque trop chaud, au soleil, dans les capotes lourdes qu'on portait. On est restés à attendre sur le pont un moment, et puis l'office a commencé. Il était très simple ; un hymne, une prière et un bref sermon. Puis, à la fin, une bénédiction dans laquelle l'aumônier a demandé à Dieu de donner vaillance à nos cœurs et force à nos bras pour terrasser nos adversaires. Il a dit que nous n'étions pas des soldats au sens ordinaire du mot : nous étions des croisés qui avaient voué notre vie et notre âme à notre pays et à notre Dieu afin que puissent ne pas périr les choses que nous révérons et tenons sacrées.

Quand on a regagné nos quartiers, on était tous silencieux et pensifs. Allongés sur nos couchettes, on repensait aux paroles de l'aumônier. Sylvester Keith, dont la couchette était à côté de la mienne, m'a tendu une cigarette et s'en est allumée une. Il a commenté :

— Il est bien rancardé, l'aumônier. Ce qu'il a expliqué sur le fait de sauver la civilisation et de vouer notre vie à notre pays.

Bob Nalls s'était approché, il s'est joint à nous.

— Je réfléchissais à ce qu'il a dit à propos de cette guerre, qu'elle va mettre fin à l'injustice. Moi, ça me dérange pas de me faire tuer pour une chose comme ça. Ça me dérange

pas, puisque les gens après moi connaîtront le bonheur et la paix...
 On est restés assis à fumer nos cigarettes et à réfléchir.

Caporal Walter Rose

Pendant la traversée sur le navire de transport, j'ai été désigné pour une opération spéciale de surveillance de sous-marins. Chaque homme de notre détachement s'est fait distribuer des jumelles et attribuer une section d'eau à surveiller. Mon angle, c'était entre 247° et 260° et dans la tour avec moi se trouvait Les Yawfitz, dont la section touchait la mienne. À côté de chacun de nous, il y avait un téléphone qui communiquait avec la salle des machines en dessous et avec les artilleurs à leur poste sur le pont.

Une fin d'après-midi où il pleuvait et où il faisait froid, j'ai aperçu un cageot à tomates qui flottait sur l'eau. Je l'ai observé longtemps pour essayer de savoir s'il se déplaçait avec le courant. J'avais presque décidé que oui quand j'ai remarqué qu'il venait de reculer de plusieurs dizaines de centimètres, à l'opposé du sens des vagues. J'ai attrapé mon téléphone pour avertir les canonniers et les mécaniciens qu'il y avait un périscope dissimulé sous un cageot. Le navire a viré d'un coup, et au même moment l'artillerie a ouvert le feu. Aussitôt on a vu un sous-marin remonter en surface, vaciller et puis se retourner dans un jet de vapeur.

Tout le monde m'a fait la fête et m'a demandé comment j'avais pu repérer que le cageot à tomates camouflait un périscope. Je n'en savais rien, en fait, j'avais simplement deviné juste, c'est tout. Alors comme j'étais un héros intelligent, on m'a donné la Navy Cross. Si je m'étais trompé, s'il n'y avait rien eu sous le cageot, j'aurais été une ordure et le dernier des couillons, un déshonneur pour la troupe et, à tous les coups, ils m'auraient envoyé au trou. On me la fait pas à moi.

Soldat Samuel Updike

C'était bon de retrouver la terre ferme après quatorze jours entassés les uns sur les autres sur un navire de transport. Nos brodequins cloutés claquaient sur le pavé de la grand-rue de la ville qu'on descendait au pas sans cadence en direction de la caserne, plus loin en haut de la colline. Il faisait froid, mais le soleil brillait et on avait tous la joie au cœur et l'humeur à la rigolade. On se marrait, on se poussait. Et puis Rowland Geers a passé son sac et son fusil à Fred Willcoxen et il s'est mis à enchaîner les sauts de mains et à faire le clown. Mais les Français sont restés là à nous regarder, bouche bée, l'air étonné. Ils n'étaient pas du tout comme les badauds américains: on a essayé de leur faire des tours et des farces, mais ils ne voulaient rien répondre. Ils ont simplement continué à nous regarder comme si on était dingues, et puis ils ont tourné la tête.

— Qu'est-ce qu'ils ont, ces gens? a demandé Tom Stahl. Leur entrain, il est où? Et leur bonne humeur, elle est où?

— Tout le monde est en noir, j'ai fait. On dirait qu'ils reviennent d'un enterrement.

Alors une femme dans la foule qui se tenait sur le bord du trottoir m'a répondu avec un fort accent anglais:

— Les gens en noir sont en deuil, elle a expliqué comme si elle s'adressait à un enfant. Nous sommes en guerre, vous savez.

— Ah! je m'étais pas rendu compte, j'ai dit. Je suis désolé, je suis vraiment désolé!

Mais l'Anglaise n'était déjà plus là.

J'ai repensé des tas de fois après quels clowns on avait dû paraître.

Sergent Michael Riggin

Y A une chose qui m'échappe chez tous ces bleus, c'est pourquoi ils passent leur temps à écrire chez eux ou à recevoir des colis de leur mère ou de leur fiancée. On voyait pas beaucoup ça de mon temps, quand je suis arrivé dans l'armée. À l'époque, la plupart des gars, ils avaient personne à qui écrire, et les seules lettres qu'ils recevaient, c'étaient des catins qu'ils avaient rencontrées en perme. Mais, comme je disais, ces bleus, ils passent leur temps à écrire des lettres et à en envoyer. Je comprends pas ça.

Moi, j'ai grandi dans un orphelinat. Impossible que quelqu'un qui a grandi dans un orphelinat tenu par Mme McMallow s'ennuie de chez lui... Cette vieille carne, je l'oublierai jamais. Elle avait le visage long et osseux, et les dents jaunes. Elle tirait ses cheveux autant qu'elle pouvait pour les attacher en arrière. Elle parlait d'une voix cassante, inquiète. Elle était vraiment gentille avec aucun gosse, mais, moi, elle était tout le temps sur mon dos. Faut dire que je lui donnais aussi plus de soucis que les autres. Elle disait que j'avais un caractère de cochon mais qu'elle me materait, et je crois bien qu'elle l'aurait fait, oui, si je m'étais pas enfui à quatorze ans parce que c'était plus supportable.

Elle me battait pas, pour ça, non. Elle a jamais levé la main sur moi. (Sauf les fois où je l'avais bien mérité, évidemment, mais là, de toute façon, ça faisait pas vraiment mal.) C'est juste qu'elle était mauvaise... Je vais vous donner une idée, tiens : à neuf ans, je me suis coupé le pied sur un morceau de verre et le docteur, il a dû recoudre. Ce soir-là, Mme McMallow est venue à l'hôpital pour voir comment je m'en sortais. (Oh, pour faire ce qu'elle croyait être son devoir, ça, elle le faisait toujours.) Elle m'avait préparé un bol de soupe avec des macaronis dedans, parce qu'elle savait que la soupe aux macaronis, c'était ce que je préférais par-dessus tout. Quand j'ai compris qu'elle avait fait la soupe rien que pour moi, j'ai tendu les bras pour l'attraper et la faire asseoir près de moi sur le lit. Je voulais qu'elle me serre dans ses bras et qu'elle m'embrasse, mais je savais pas comment lui demander, alors je me suis redressé et j'ai essayé de l'embrasser, moi, mais elle a aussitôt tourné la tête et dégagé mes mains de son bras. "Michael Riggin, qu'elle a fait, combien de fois je t'ai déjà dit de te nettoyer les ongles!" Alors j'ai ramassé le bol de soupe aux macaronis et je l'ai balancé de l'autre côté de la chambre. J'en aurais pas avalé une goutte même pour sauver ma peau...

C'est ça que je veux dire à propos des gars qui écrivent tout le temps chez eux. Je comprends pas. Tout ça, c'est des foutaises. Celui qui s'occupe des autres, c'est vraiment un con, si vous voulez mon avis ! Moi je me fiche pas mal de qui ou quoi : Prends tout ce qu'y a à prendre, que je dis, et donne rien en échange si tu peux.

Sergent Theodore Donohoe

Mettons que vous travaillez pour un épicier ou un confiseur, ou même dans les pompes funèbres, et que vous soyez constamment à critiquer la mauvaise qualité des fruits et légumes, ou des bonbons, que vend votre employeur, ou à médire des funérailles et de leur médiocrité, il ne vous viendrait pas à l'idée, à moins d'être un imbécile, d'espérer des promotions ou des honneurs dans le commerce ou dans le métier que vous avez choisi, non ? Alors au nom du ciel pourquoi des hommes par ailleurs intelligents comme Leslie Yawfitz ou Walter Rose parlent avec mépris de l'incurie, du gâchis et de la bêtise de la guerre et s'attendent ensuite à recevoir de l'avancement ou des décorations, et puis se renfrognent tout mécontents quand ils ne les voient pas arriver ?

Moi je vous dis, la guerre, c'est un commerce, comme tout le reste, et si vous voulez faire votre chemin, il faut vous adapter à ses bizarreries et jouer vos cartes comme elles tombent.

Capitaine Terence L. Matlock

Les sergents de toutes mes sections rassemblés, je leur ai lu l'ordre qui accordait dans chaque compagnie une permission à cinquante hommes... "Des camions viendront chercher les permissionnaires aujourd'hui à 14 heures au quartier général du régiment, et les mêmes camions attendront les hommes à Celles-le-Cher devant le Foyer du soldat jusqu'à 20 heures dimanche", j'ai lu. Après, on a passé en revue le tableau d'effectifs de la compagnie, escouade par escouade, pour désigner les hommes qui partiraient. Le sergent Dunning a regardé sa montre. Il était 11 h 10.

— Il va falloir que les gars se magnent s'ils veulent être montés dans ce camion à 14 heures, il a dit. Mes autres sergents ont commencé à y aller aussi, mais je les ai arrêtés.

— Avant que ces hommes partent en permission, je veux qu'ils astiquent leur équipement ; fusils nettoyés et graissés, vêtements de rechange lavés et mis à sécher sur le fil.

Les sergents m'ont salué et ont tourné les talons.

— Bien, mon capitaine, ils ont dit.

— Une minute, j'ai dit. Pas si vite : j'inspecterai les fusils et le barda des permissionnaires à 12 h 30 au cantonnement. Ensuite, à 13 heures, que chaque homme vienne se présenter à moi, devant le bureau du commandement, avec son linge lavé et essoré... Et dites aux gars qu'ils ont intérêt à bien le savonner !...

À 13 heures précises, les hommes ont commencé à se mettre en file devant le commandement de la compagnie, l'uniforme gratté et brossé, la mine épanouie. La nuit d'avant, il avait plu, et ils regardaient bien où ils mettaient les pieds en traversant la cour pleine de boue, pour ne pas souiller leurs brodequins qu'ils avaient frottés avec un mélange de suie et de dégras. En travers du bras, chaque homme portait les vêtements qu'il avait nettoyés.

J'étais assis à une table dans la cour avec, à côté de moi, l'adjudant-chef Boss, mon sous-officier de service, et le caporal Waller, mon ordonnance, qui avait les titres de permission rédigés et fin prêts pour les hommes. Alors le premier, le soldat Calhoun, s'est avancé et a déposé ses affaires sur la table. Je les ai dépliées et j'ai bien vérifié les coutures.

— C'est ça que vous appelez des caleçons propres ? j'ai demandé.

— C'est du moisi, il a répondu. J'ai essayé, mais j'ai pas réussi à l'enlever, mon capitaine.

— Retournez donc essayer encore, j'ai dit.

Calhoun s'est détourné et à ce moment-là quelqu'un dans le bout de la file m'a sifflé.

— Qui a fait ça ? j'ai demandé.

Personne n'a répondu.

Le suivant avait déjà posé ses affaires sur la table. Je les ai attrapées et jetées dans la boue sans les regarder. Et puis après pour chaque homme qui avançait avec son linge, je l'arrachais de son bras et je l'envoyais dans la bouillasse. Pour finir, j'ai pris les titres de permission des mains de Waller, je les ai déchirés menu et je les ai répandus sur un tas de fumier...

— Quand vous aurez tous appris à respecter votre commandant ici, on pourra commencer à s'entendre, j'ai dit.

Adjudant-chef Patrick Boss

J'en ai pourtant vu, de mon temps, des troupes qui valaient pas grand-chose, mais celle-ci, c'est le gros lot. Dans le temps, les hommes savaient servir et ils savaient s'occuper de leur personne. C'étaient pas des tendres, d'accord, mais la discipline, ils connaissaient, et ils respectaient les officiers au-dessus d'eux parce que les officiers, ils les respectaient aussi. Pour commencer, fallait être un as, un vrai, pour être pris : ils recrutaient pas n'importe quoi à l'époque... Ah! ils l'ont bien baissé le niveau, ça oui! Regarde-moi la racaille qu'on se ramasse... La moitié, ils savent pas faire la différence entre "Rassemblement en colonne par trois" et "Rassemblement sur trois rangs". Une partie de la compagnie exécute un commandement pendant que l'autre exécute le deuxième et il y a encore des bonshommes qui restent plantés au milieu à regarder tout autour à pas savoir quoi faire. J'ai essayé de leur faire entrer dans le crâne, mais ils ont la tête dure. Pour essayer, j'ai essayé... Bon Dieu, je te jure, y a de quoi s'arracher les cheveux!...

Dans le temps on disait qu'une compagnie qui avait un bon adjudant-chef avait pas besoin de capitaine. Je dirais que c'est vrai. C'est pas que je veuille m'envoyer des fleurs, mais si c'était pas vrai, celle-ci, je sais pas ce qu'elle deviendrait. Avec Terry le crétin – ce guignol à galons!... Comment des zigues comme lui se dégotent leur grade, ça, je voudrais bien savoir. Ça me tue. Ça me dépasse. Bon, moi, de toute façon, je quitte la compagnie quand ce coup-là est fini. C'est plus comme c'était dans le temps, quand un homme pouvait vraiment se respecter.

Soldat Roger Jones

J'AI jamais vu les tranchées aussi calmes que cette fois-là à Verdun. Il y avait pas un Boche en vue et, mis à part le fait qu'ils envoyaient un peu de mitraille ou une fusée de temps en temps, on aurait dit qu'il y avait absolument personne en face. C'était le calme plat et puis tout à coup une fusée fendait la nuit et la mitrailleuse crachait une ou deux rafales. Quelques minutes plus tard, c'était une autre fusée qui montait, plus bas dans la tranchée, avec une dizaine de balles de mitrailleuse pour l'accompagner.

Les gars ont inventé une histoire comme quoi il y avait personne devant nous, rien qu'un vieux qui avait une bicyclette, et sa femme qui avait une jambe de bois. Le vieux roulait sur les caillebotis et sa femme transportait la mitrailleuse en courant derrière lui. Et puis l'homme s'arrêtait, il lançait une fusée pendant que la vieille envoyait la mitraille. Et après ils remettaient ça, jusqu'au matin.

Les gars ont tant parlé du vieil Allemand et de sa femme à la jambe de bois qu'au bout d'un moment tout le monde s'est mis à croire qu'ils étaient vraiment là.

— C'est bien d'un Teuton, ça, de faire courir sa bonne femme derrière lui et de la laisser trimballer la grosse machine à coudre, a dit Emile Ayres une nuit. Et en plus, ils les frappent tous, leurs bonnes femmes, à ce qui paraît.

— C'est pas vrai ! s'est exclamé Jakie Brauer dont le père et la mère étaient tous les deux nés en Allemagne. Les Allemands traitent leurs femmes aussi bien les Américains, aussi bien tout le monde !

— Alors pourquoi il se la trimballe pas des fois, la mitrailleuse ? a demandé Emile. Pourquoi il se la trimballe pas et il laisse pas la bicyclette à la vieille ?

Soldat Carter Atlas

Au petit déjeuner, du café fadasse, une fine tranche de pain et une louche de soupe claire ; au déjeuner, deux patates pleines d'eau toutes ramollies avec de la terre encore accrochée à la peau, un bout de viande de la taille du pouce et une cuillerée de confiture ; au dîner, encore du café, plus fadasse cette fois, et une gamelle de riz nature. Comment est-ce qu'un homme peut tenir le coup avec des rations pareilles ? Mais essayez d'avoir du rab ! Essayez et vous verrez !

La nourriture, j'y pensais tout le temps : je me rappelais tous les bons repas que j'avais faits dans ma vie et je me représentais des mets délicats, comme les truffes ou les ortolans, dont j'avais entendu parler dans les livres mais que j'avais jamais goûtés. J'imaginais mon premier repas une fois démobilisé, mais penser à ça tout le temps me donnait faim, tellement faim que j'en devenais dingue. Quand je fermais les yeux, je voyais un steak épais et appétissant, bien grillé, d'une belle couleur brune, avec dessus un gros morceau de beurre en train de fondre qui se mêlait à son jus. Je voyais le steak, entouré de frites toutes fondantes, et je sentais son odeur aussi distinctement que s'il avait été devant moi en vrai. Je restais allongé sur mon lit les yeux fermés, à jubiler en pensant au steak qui m'attendait... Dans une minute, je vais couper dedans et commencer à le manger, je me disais...

Et la corvée était de retour aux tranchées pour nous apporter notre dîner dans une marmite en acier galvanisé. C'était encore du riz froid et tout collé, mais cette fois-ci, quand le sergent Donohoe m'a servi ma part, je l'ai prise et, malgré la faim que j'avais au ventre, je l'ai balancée dans la boue. Et puis je suis retourné à l'abri m'allonger sur mon lit et j'ai pleuré comme un bébé. S'ils me donnaient juste un bon repas de temps en temps, je m'en plaindrais pas tant de cette guerre !

Soldat Lucien Janoff

Mon souci remontait à cette paire de souliers que le fourrier m'avait distribuée à Saint-Aignan. Ils faisaient trois tailles de trop pour moi et j'avais l'impression qu'ils étaient en fonte. Je prenais des cloques aux talons chaque fois que je partais en marche. Mes talons étaient douloureux tout le temps. Au bout d'un moment, ils sont devenus calleux et ils ont arrêté de cloquer, mais maintenant qu'ils cloquaient plus, ils me faisaient encore plus mal qu'avant. Je pouvais même pas supporter de les toucher tellement ils me faisaient mal.

Finalement Roy Winters a dit que, d'après lui, je devais avoir du pus sous la peau durcie et que c'était pour ça que mes talons me faisaient tant souffrir. Il m'a dit que je ferais bien d'aller au poste de secours pour me les faire ouvrir.

— Sûrement pas ! je lui ai répondu. Aucune chance que j'y aille ! Je sais trop bien ce qu'ils vont me faire, les mignons des secours : ils vont me donner du chloroforme, et au réveil j'aurai plus de pieds, coupés ras les chevilles... "Mais qu'est-ce que t'as à râler, là ? qu'ils vont me dire, t'as plus mal aux talons, non, ?" C'est ça qu'ils vont me dire. À d'autres mais pas à moi...

Alors Roy m'a proposé de me tailler les talons lui-même pour faire sortir le pus, si je pensais que je pouvais supporter. J'lui ai dit d'y aller. Que c'était bon, je supporterais. Un gars qui s'appelait Rufe Yeomans et un autre du nom de Charlie Upson m'ont tenu les jambes pour éviter que je gigote. J'ai dit que je ferais pas de bruit. J'ai pas fait un bruit, d'ailleurs, pendant que Roy coupait, mais quand il s'est mis à racler tout près de l'os, j'ai hurlé un peu. Là, j'ai hurlé un peu, j'ai pas dû pouvoir m'en empêcher.

Soldat Thomas Stahl

À Merlaut, où on était cantonnés, on tirait de l'eau au puits avec Wilbur Halsey quand le seau s'est détaché et a fait floc au fond.

— Attends voir, a dit Wilbur, je vais prévenir la vieille dame et lui demander un autre seau.

Quelques minutes plus tard, la vieille dame sortait de chez elle en courant, elle s'arrachait les cheveux, elle se frappait la poitrine, et Wilbur marchait derrière elle, à essayer de lui expliquer ce qui s'était passé. La vieille dame arrivée au puits, avec Wilbur on a pratiquement dû l'empêcher de sauter dedans après le seau. Plus ça allait, plus elle s'agitait.

Allan Methot, qui parle bien le français, est sorti du cantonnement, il a expliqué à la dame que c'était un accident, que Wilbur et moi on était prêts à rembourser le seau, mais elle a envoyé balader les billets qu'il lui tendait et elle s'est jetée par terre. Des tas de Français s'étaient approchés. Ils observaient par-dessus le mur, la vieille dame nous pointait du doigt et elle s'est mise à parler en gesticulant. Alors les Français ont tous réagi en faisant des bruits avec leur langue et, un à un, ils sont venus jusqu'à la margelle du puits pour se pencher vers l'intérieur, ils secouaient la tête en ouvrant les bras quand ils se redressaient.

— Ce seau, il devait être sacrément exceptionnel, a dit Wilbur. À les voir, tu croirais que c'était du platine.

Mais le lendemain, tous les habitants de la ville étaient venus regarder à l'intérieur du puits et écouter l'histoire de la vieille dame, et lui témoigner leur sympathie. Cet après-midi-là, quand on a reçu l'ordre de lever le camp, il y avait des tas de gens autour du puits qui regardaient dedans, comme s'ils s'attendaient à ce que le seau remonte tout seul tout à coup et leur tombe dans les bras, et la vieille dame à côté qui s'essuyait les yeux avec le bout de son jupon.

— Ça commence à me taper sur les nerfs, a dit Wilbur... Je serai content de dégager. Ils sont tous frappés, ici.

Sergent James Dunning

L E lieutenant Fairbrother venait d'être affecté à ma section quand il a pensé à un moyen de découvrir les nids de mitrailleuses la nuit. Quatre ou cinq hommes devaient remplir leurs poches de pierres et ramper le long des lignes allemandes jusqu'à ce qu'ils tombent sur un massif de buissons ou un tertre qui leur paraîtraient suspects. Là, ils devaient lancer deux ou trois pierres. Si une mitrailleuse était dissimulée à cet endroit, les jets de pierres mettraient les artilleurs en rogne contre nous, ils ouvriraient le feu et ils révéleraient leur position. Personne n'a souri pendant qu'il s'adressait à la section, mais une fois qu'il a été sorti du dortoir, on a éclaté de rire.

— À mon avis, un des hommes devrait avoir une fusée volante dans la main droite, Frank Halligan a dit. Comme ça, quand les mitrailleurs ouvriront le feu, il pourra tenir la fusée entre le pouce et l'index et attendre qu'il y ait une balle qui passe par là pour l'allumer. C'est là que la fusée part, elle atterrit de l'autre côté des lignes allemandes, où le Kaiser est justement en train d'épingler des croix de fer sur tout un régiment. Pile au moment où la fusée redescend, voilà le Kaiser qui se baisse et la pointe brûlante du projectile se plante en plein dans son derrière militaire. Il fait un bond en avant et il se frotte le train en pensant qu'on vient de lui flanquer un coup de botte et que c'est la mutinerie. Sa Majesté impériale prend peur et se met aussitôt à courir en direction de nos lignes. Sur ce, toute l'armée allemande forme les rangs derrière le Kaiser en cherchant à lui expliquer ce qui est arrivé, mais il ne veut rien entendre : il court tout ce qu'il peut, tant et si bien qu'il finit par atteindre la Marne, il essaie de sauter, mais il se rate et il se noie. Alors l'armée allemande tout entière, par politesse, saute derrière lui et se noie aussi, et la guerre est finie et on rentre tous aux États-Unis.

Albert Nallett s'est levé pour aller fermer la porte.

— Faut pas qu'on vous entende parler comme ça, sergent, il a dit. S'ils savaient, au Q.G., quel bel esprit militaire vous avez, vous vous retrouveriez avec des galons à l'épaule et un ceinturon à baudrier autour de la taille avant d'avoir eu le temps de dire ouf.

Sergent Wilbur Tietjen

Je prenais position en première ligne, la bandoulière de mon fusil autour de l'épaule, le canon posé sur le parapet, et j'observais les tranchées allemandes dans mon viseur télescopique, à mille mètres et quelques de là. (Un tireur isolé, ça doit avoir de la patience ; c'est aussi important que de savoir viser juste.) Alors donc je restais là pendant des heures, à étudier la ligne allemande, qui avait l'air abandonnée. Y a des bonshommes là-bas, c'est sûr, que je me disais, et dans pas longtemps y en a un qui va pas faire gaffe et qui va se montrer. Et ça ratait pas, tôt ou tard, une tête dépassait du bord de la tranchée ou un gars sortait ramper dehors un moment.

Là, j'estimais la déviation du vent et l'élévation, j'ajustais mon tir, je relâchais mon corps, je prenais une inspiration que je bloquais en cours de route et puis, tout doucement, je pressais sur la détente. La plupart du temps, le bonhomme que je visais faisait un bond et un ou deux tours sur lui-même avant de s'écrouler. Il avait l'air vraiment comique de là où j'étais – comme un petit soldat taillé dans le bois secoué par le vent.

J'étais le meilleur tireur du régiment, à ce que tout le monde disait. Une fois, en juillet, j'ai touché neuf bonshommes sur un total de peut-être douze. Le colonel était en première ligne, cet après-midi-là, et lui et son aide de camp suivaient mes coups dans leurs grosses jumelles. Ils m'ont félicité quand j'ai descendu le neuvième et je leur ai fait un sourire de brave. Les bonshommes, vous voyez, ils étaient tellement loin que c'était pas vraiment comme si je tuais quelqu'un. En fait, moi, j'ai jamais vu des bonshommes, plutôt des pantins, et c'était dur de croire que quelque chose de si petit pouvait ressentir de la douleur ou de la peine. S'il y avait une race de gens pas plus hauts que, mettons, votre pouce, même la personne qui aurait un vrai cœur d'or pourrait mettre le pied dessus et pas en éprouver de remords. Quand cette idée m'a traversé l'esprit, je l'ai dit à Allan Methot, mais il m'a répondu qu'il y avait déjà un gars qui en avait parlé dans un livre.

— Ben, c'est la vérité, même si y a un livre qui a été écrit dessus, j'ai répondu.

Soldat Jesse Bogan

On est arrivés à une longue colline en forme de demi-cercle et on a commencé à creuser du côté protégé. En contrebas, les Allemands bombardaient Marigny, une petite ville. On voyait les gens qui sortaient en courant de leur maison en faisant de drôles de gestes, et qui se précipitaient par les ruelles pour rejoindre la file en train de grossir sur la grand-route. On a creusé à l'arrière de la colline et on a attendu.
　Le mois de mai finissait et toute la campagne était verte et magnifique. En contrebas, dans la vallée, les arbres fruitiers étaient en fleurs, roses, blancs, rouges, par bandes de couleurs dans le creux du vallon et en petites taches sur le flanc de la colline. Et puis une brume s'est installée au-dessus de la vallée et petit à petit il s'est mis à faire nuit.
　Les Allemands avaient cessé de bombarder la ville. Elle était là en dessous, démolie. Le lieutenant Bartelstone est arrivé :
　— Bien, soldats ! Rassemblez vos affaires. Quand la nuit sera tombée, on rejoindra le bois.
　Ensuite il s'est adressé au sergent Dunning :
　— On a reçu l'ordre d'arrêter les Allemands, ils ne doivent pas gagner un pouce de terrain...
　— Bon, au moins, a dit Alex Marro après le départ du lieutenant, c'est simple et direct.
　— Ça s'appelle comment, ici ? a voulu savoir Art Crenshaw.
　— Aucune idée, a répondu le sergent Dunning. Qu'est-ce que ça change ?

— J'ai demandé à un Français, en chemin, Allan Methot est intervenu, il m'a dit que ça s'appelait le bois de Belleau.
— Allez! Allez! a fait le sergent Dunning. Rassemblez votre barda, c'est pas le moment de discuter le bout de gras!

Soldat Philip Calhoun

Al de Castro et moi, on était accroupis dans un petit trou d'obus, excités, à regarder les artilleurs allemands en train de détruire Marigny. Un chien choqué par les explosions d'obus était recroquevillé contre le lavoir public. Il avait la queue repliée entre les pattes et les poils du dos hérissés et raides. Ses yeux pleuraient et sa gueule bavait. De temps en temps, il se mettait à vriller sur lui-même à toute vitesse en essayant de se mordre la queue; et puis il s'arrêtait, exténué, et il cherchait à happer l'air faiblement d'un côté ou de l'autre; ou alors, certaines fois, il jetait son museau vers le ciel et ses mâchoires s'ouvraient tout grand, mais le son de sa voix se perdait dans le bruit du pilonnage.

Pour finir, il n'est plus resté grand-chose qui tenait debout dans la ville qu'un mur de calcaire blanc. Sur ce mur était accroché un chromo religieux, dans un cadre doré, qui représentait une couronne d'épines et un cœur en sang d'où montaient des flammes; à côté, suspendue à une patère en bois, il y avait une veste sans forme de paysan. Allongé sur le ventre, je regardais le mur fixement... Les obus se sont mis à tomber plus dru et le chien affolé a recommencé à vriller à la poursuite de sa queue. Le mur blanc a tremblé, quelques pierres sont tombées, et quand j'ai relevé la tête, la veste avait glissé de sa patère et gisait dans la poussière comme une chauve-souris étalée, morte... Et puis d'un coup, le bombardement a cessé et le silence qui a suivi a été terrible. Le chien a reniflé l'air. Il a élevé la voix et il a hurlé.

Je me suis redressé alors, j'ai remis mon sac sur le dos et, un instant plus tard, Al était debout à côté de moi. Pendant un temps, on a regardé tous les deux le mur blanc, toujours d'aplomb, et l'image pieuse intacte à sa place.

Al est allé jusqu'au mur et il l'a considéré avec curiosité :

— Pourquoi est-ce que ce mur est resté et rien d'autre ? il a demandé. Pourquoi est-ce qu'il est le seul à avoir été épargné ?...

Alors, pendant que, devant le mur, Al ajustait son sac et tripotait l'ardillon rouillé de sa ceinture à cartouches, un bruit a déchiré le silence, suivi d'une détonation sèche ; et le mur s'est abattu dans un nuage de poussière, étouffant le cœur d'où montaient des flammes, écrasant Al sous son poids.

Soldat Edward Romano

J'ÉTAIS de faction près de la cote 44 et il pleuvait. Il n'y avait pas de vent et la pluie tombait tout droit. Vers le nord, des lumières surgissaient comme des éclairs de chaleur le long de l'horizon et le grondement sourd des batteries résonnait au loin. Accroupi dans la tranchée, trempé jusqu'aux os et grelottant de froid, je pensais : C'est calme ici ce soir, mais là-bas, vers le nord, il se passe des choses terribles : là-bas, en ce moment même, des hommes se font mettre en pièces ou massacrer à coups de baïonnette.

Une fusée éclairante est partie soudain, elle est allée effleurer le ciel d'un léger baiser avant d'exploser, et dans l'éclat de sa déflagration j'ai vu l'enchevêtrement des défenses de barbelés rongés par la rouille. J'ai vu aussi la pluie lente, qui dans la lumière luisait comme du quartz et tombait sur le champ de bataille en lignes verticales implacables. Je restais recroquevillé et tremblant dans ma tranchée peu profonde, mon fusil plaqué contre moi... La pluie découvrait les corps enterrés à la hâte ; il y avait une odeur de décomposition dans l'air...

J'ai vu un homme qui avançait vers moi, bien droit, sans peur. Il avait les pieds nus et de beaux cheveux longs. J'ai soulevé mon fusil pour le tuer, mais quand j'ai compris que c'était le Christ, j'ai baissé mon arme.

— M'aurais-tu blessé ? il a demandé d'une voix triste.

J'ai dit oui, et je me suis mis à blasphémer :

— Tu devrais avoir honte de laisser tout ça continuer ! Tu devrais avoir honte de toi !...

Mais il a ouvert les bras devant le champ de bataille détrempé, devant les barbelés emmêlés, devant les arbres calcinés plantés comme des chicots dans une mâchoire décharnée.

— Dis-moi ce que je dois faire, il a répondu. Dis-moi ce que je dois faire si tu le sais!...

C'est à ce moment-là que j'ai commencé à pleurer, et le Christ a pleuré lui aussi, et nos larmes ont coulé lentement avec la pluie.

À zéro heure, ma relève est arrivée. C'était Ollie Teclaw, je voulais lui dire ce que j'avais vu, mais je savais qu'il ne ferait que me rire au nez.

Lieutenant Edward Bartelstone

J'ai quitté mon poste de guet frigorifié et nauséeux, grelottant ; trempé jusqu'à mes pauvres os. Je sentais la vermine qui me démangeait le dos et me courait sur la poitrine. Je ne m'étais pas lavé depuis des semaines et mes pieds étaient couverts de cloques détestables. Dans l'abri régnait une odeur aigre et suffocante qui me retournait l'estomac et me donnait envie de vomir... J'ai allumé ma bougie et pendant longtemps j'ai contemplé mes mains sales, mes ongles cerclés de boue séchée. Un sentiment de répulsion s'est emparé de moi.

— Je supporterai n'importe quoi d'autre, j'ai dit, mais cette crasse, je la supporterai pas plus longtemps...

J'ai armé mon pistolet et je l'ai posé sur l'étagère à côté de la bougie...

— À minuit exactement, je me tuerai...

Sur mon lit se trouvaient des magazines qu'Archie Smith avait lus et qu'il m'avait passés. J'en ai pris un au hasard, je l'ai ouvert ; et là, qui me regardait de ses yeux tristes et pleins de pitié, est apparue Lillian Gish. Jamais de ma vie je n'ai vu une chose aussi pure ou aussi propre que son visage. Je n'arrêtais pas de plisser les yeux, comme si je n'arrivais pas à croire ce que je voyais. Puis je lui ai touché les joues, mais très délicatement, du bout des doigts...

— Oh, que tu es propre et ravissante, je me suis exclamé dans ma surprise... Tu es pure et ravissante et adorable !...

J'ai découpé la photo, je lui ai fabriqué un étui en cuir et je l'ai transportée avec moi tout le temps qu'a duré la guerre.

Chaque soir, avant de me coucher, je la regardais, et chaque matin au réveil. Elle m'a accompagné tout au long de ces mois terribles et c'est grâce à elle que j'en suis sorti, finalement, en ayant gardé mon calme et ma sérénité.

Soldat Jacob Geller

Un jour, un gars qui s'appelait Harry Waddell et moi, on a trouvé un Allemand mort qui était tombé à la renverse sur un tronc d'arbre et qui reposait sur les épaules. Il avait encore son petit havresac dans le dos. (Le sac était en peau de vache et il restait du poil dessus par endroits. Les poils étaient marron foncé, avec des taches blanches, et je me souviens que sur le moment j'ai dit à Harry que la bête, ça devait être une Holstein.)

Quand Harry et moi on a bien regardé le bonhomme, on a vu qu'il avait été tué par un explosif puissant. Il avait un trou gros comme le poing dans la poitrine. Harry et moi on l'a fouillé pour ramener des souvenirs, mais il avait rien à part quelques photographies de sa famille et quelques lettres, qu'on a remises dans sa poche, comme disait le règlement. Après on l'a retourné sur le ventre pour voir ce qu'il transportait dans son havresac. Il y avait aussi du sang partout sur le sac, et dedans rien qu'un caleçon d'hiver et une moitié de pain noir allemand.

— Ça, c'est du bol, a dit Harry, on va pouvoir se manger le pain !

La salive a commencé à me monter à la bouche et je sentais que ça grondait dans mon ventre, mais quand on a regardé le pain de près on a vu qu'il était couvert de sang. (Ce pain, c'était ce que les Fritz appellent du pumpernickel, et il était encore un peu mouillé à l'intérieur, là où le sang avait pas séché.)

J'ai sorti mon couteau et j'ai essayé de gratter le sang, mais quand j'ai vu qu'il y en avait jusqu'en dedans, j'ai abandonné.

— Gaspille pas le pain comme ça ! a crié Harry.
Alors le pain, je l'ai coupé en deux parts égales, et Harry Waddell et moi on l'a mangé jusqu'à la dernière miette.

Soldat Walter Landt

C'était juste une petite blessure superficielle, mais le lieutenant Bartelstone a pensé qu'il valait de toute façon mieux que je retourne au poste de secours me faire faire une piqûre antitétanique. Quand je suis arrivé là-bas, les deux médecins n'ont pas réussi à se mettre d'accord sur la meilleure façon de me l'administrer. Le grand pensait qu'il fallait l'injecter directement dans l'abdomen, donc j'ai soulevé ma chemise et il a planté son aiguille, mais l'ampoule en verre s'est cassée et le contenu a presque entièrement coulé sur ma jambe. Alors le gros a dit que son collègue faisait tout de travers, du coup j'ai baissé mon pantalon et il m'a planté son aiguille dans le postérieur. Mais son ampoule s'est cassée aussi, et là, c'était le tour du grand de rigoler et de faire de l'humour. Pendant une heure à peu près, ils m'ont gardé avec eux, à soulever ma chemise et baisser mon pantalon, et chacun défendait les mérites de sa méthode en essayant de m'injecter toute la seringue sans casser l'ampoule. La quatrième fois que le grand m'a piqué le ventre, mes bras et mes jambes avaient commencé à enfler. Là, je me souviens que l'autre médecin a dit : "Bon, allons-y, soldat, baissez encore une fois votre pantalon, on va lui montrer comment il faut vraiment procéder !" Après ça, tout est devenu noir et la pièce s'est mise à tourner.

C'est tout ce que je me rappelle, mais on m'a raconté que j'ai hurlé sans arrêt pendant deux jours et deux nuits, et que j'ai enflé plus gros qu'un nègre mort qui est dans un trou d'obus depuis une semaine. La prochaine fois que je serai blessé, je choperai le tétanos et je serai bien content.

Soldat Graley Borden

On a été momentanément détachés de notre division et rattachés aux Français, et pendant six jours et six nuits on a combattu sans sommeil et sans trêve. Comme on se battait sous les ordres des Français, c'étaient eux aussi qui nous donnaient le ravitaillement et les vivres. Quand le premier repas est arrivé, il y avait du vin rouge et une petite ration d'eau-de-vie pour chacun d'entre nous. On avait faim et froid, on était extrêmement fatigués, l'eau-de-vie nous a réchauffé les sangs et nous a rendu les longues nuits supportables.

Mais le deuxième jour, quand ils ont apporté le repas, le vin et l'eau-de-vie avaient disparu des rations des soldats américains. Les œuvres de bienfaisance françaises s'étaient élevées contre le fait qu'on nous distribue de l'alcool: on craignait que la nouvelle ne parvienne jusqu'aux États-Unis, où elle risquait de contrarier l'Union des femmes chrétiennes pour la tempérance et le Bureau des méthodistes pour la tempérance, la prohibition et les bonnes mœurs.

Lieutenant Thomas Jewett

Ce matin de juin, nous examinions notre position avec le sergent Prado. À notre gauche, et à peu près à un demi-kilomètre en avant de notre première ligne, se trouvait un massif isolé de petits arbres.

— Ce bosquet devrait constituer un bon emplacement pour un peloton de mitrailleurs en cas d'attaque ennemie, j'ai déclaré.

Le sergent Prado a levé les yeux :
— Je crois pas, il a dit. Je crois vraiment pas.

Il restait planté là avec obstination, en secouant la tête. Je ne lui ai pas répondu aussitôt, j'ai fait comme si je n'avais pas entendu. J'ai fini par dire :

— Je crois que vous feriez bien de prendre plusieurs hommes pour aller creuser une ligne de tranchées là-bas.

— Je ferais pas ça, mon lieutenant, il a dit. Ce massif se voit comme le nez au milieu de la figure. À tous les coups, les Allemands vont penser qu'on y a mis des hommes et ils vont marmiter à tout va. Je m'y attends depuis ce matin.

— Je suis désolé, j'ai dit, mais je crois que vous avez compris mes ordres.

— Bien mon lieutenant, il a dit.

Quelques minutes plus tard, Prado et ses hommes avaient traversé le blé à plat ventre, et dans mes jumelles je les ai vus pénétrer derrière les arbres. Alors, au moment où j'abaissais mes lunettes et où je m'en allais, j'ai entendu un obus trouer l'air calme. Je me suis arrêté, retourné, et je l'ai vu tomber à dix mètres du massif. Tout est resté silencieux pendant que je retenais mon souffle et que les artilleurs allemands corrigeaient leur tir. Puis des quantités d'obus ont commencé à vriller et siffler dans le ciel pour venir s'écraser dans les arbres, où leur explosion était épouvantable. Des geysers de terre, de feuilles et de branches brisées se soulevaient, les troncs des arbres fouettés de toutes parts se courbaient d'un côté puis de l'autre, comme si un ouragan s'était engouffré entre eux et ne parvenait plus à en sortir.

Le pilonnage a duré vingt minutes avant de cesser aussi soudainement qu'il avait débuté. J'ai couru dans les blés, terrifié, regrettant l'acte que j'avais commis par vanité; et la première chose que j'ai vue en atteignant le massif, c'étaient les corps d'Alden, de Geers et de Carroll entassés les uns sur les autres, leur figure dévastée, le sommet de leur crâne défoncé. Allongé en travers d'un arbre abattu, le corps ouvert du ventre au menton, gisait le sergent Prado et, debout, la tête penchée, Leslie Jourdan regardait sa main, dont les doigts avaient été emportés.

Je me suis appuyé contre un arbre pour ne pas tomber.

— Je ne voulais pas faire ça, j'ai dit, je ne voulais pas...

Soldat Stephen Carroll

Quand on a atteint le massif d'arbres, le sergent Prado nous a aussitôt ordonné de creuser.
— J'ai jamais rien entendu d'aussi idiot, a dit Rowland Geers. C'est quoi cette idée qui lui a pris de nous envoyer ici ?
— Pose pas de questions, a répondu le sergent Prado. Le gouvernement te paie tes trente dollars par mois pour faire ce qu'on te dit, pas pour poser des questions.
— Il sait donc pas que les Allemands nous ont vus ramper jusqu'ici ? a demandé Les Jourdan. Il les prend pour des crétins, ou quoi ?
— Tu ferais bien de te mettre à creuser, a dit le sergent Prado, et d'économiser ta salive. T'auras qu'à me faire une lettre.

C'est là que le premier obus a frappé à droite du massif, et on s'est tous aplatis contre le sol. On est restés allongés comme ça un moment, on espérait que ce serait un obus au hasard, mais en quelques minutes le massif s'est retrouvé bombardé de tous les côtés. Les jeunes arbres pliaient d'avant en arrière, les branches cassées et les feuilles arrachées nous pleuvaient dessus. On avait l'impression que la terre nous explosait sous les pieds, et le bruit des obus qui sautaient et des éclats qui giclaient faisait penser à des hommes qui auraient joué des instruments différents chacun dans une clé différente.

Bob Alden était couché dans le fossé avec moi. Comme il avait les yeux tournés, je ne voyais que leur blanc. Il avait les paupières qui battaient sans arrêt et les lèvres retroussées. Et puis Rowland Geers a rampé jusqu'au fossé et nous a rejoints.

Bob s'est retourné et a essayé de lui parler, Geers s'est penché en avant pour rapprocher son oreille de la bouche de Bob et entendre ce qu'il disait juste au moment où un obus a atterri en plein milieu du fossé où on était tous.

Soldat Carroll Hart

Le sergent Tietjen était avec moi le jour où on a pris le nid de mitrailleuses dans le bois de Veuilly. On a trouvé tout le peloton tué, sauf un homme costaud et barbu qui était salement blessé. Juste quand on arrivait, le barbu a levé la main pour fouiller à l'intérieur de sa veste. J'ai cru qu'il allait nous jeter une grenade et je lui ai vidé mon pistolet dans le corps. Son bras est sorti de sa veste dans un mouvement saccadé, désordonné, et puis la paume de sa main est restée posée sur ses lèvres un instant. Ensuite, le sang qui lui remontait dans la gorge a commencé à l'étrangler, il a fait un bruit de gargouille et un soupir. Ses yeux ont chaviré et sa mâchoire s'est affaissée.

Je me suis approché et j'ai ouvert sa main pour voir ce qu'elle tenait. C'était la photographie d'une petite Allemande. Elle avait la figure toute ronde, des taches de rousseur et, pour l'occasion, des anglaises qui lui tombaient sur les épaules.

— Ça devait être sa fille, a dit le sergent Tietjen.

Cette nuit-là, je n'ai pas pu dormir parce que je n'arrêtais pas de penser à ce soldat allemand. J'ai tourné et viré, et puis au petit matin Tietjen est venu et il s'est allongé près de moi.

— Ça sert à rien de t'en vouloir comme ça, mon gars, il a dit, n'importe qui aurait cru qu'il allait lancer une grenade.

Soldat William Anderson

J'étais là, avec mon pied ouvert du talon jusqu'à l'orteil, et le médecin du poste de secours qui pensait que j'allais le laisser me recoudre sans rien me donner pour calmer la douleur à part ses deux petits verres d'eau-de-vie.
— Je veux un anesthésiant! j'ai dit, et pas d'une voix qui hésitait, encore.
Un infirmier militaire a essayé de m'expliquer qu'ils avaient presque plus de morphine et qu'ils gardaient le peu qui leur restait pour les officiers. Est-ce que vous avez déjà entendu une connerie pareille?
— Putain! j'ai crié. Vous pensez que les officiers sont plus délicats que les autres? Pourquoi est-ce que tout le monde tirerait pas à la courte paille pour la morphine? Ou pourquoi il y aurait pas une règle qui dirait que les hommes aux yeux bleus de plus d'un mètre soixante-dix sont les seuls à pouvoir en avoir? Pourquoi est-ce que vous mettez pas en place une règle sensée?
Alors le médecin a dit:
— Sortez cet homme, qu'il reste allongé dans la neige un moment. Ça le calmera un peu.
— Bon Dieu, j'aimerais vous y voir une fois, moi! j'ai dit. J'aimerais vous y voir, tiens! Je vais écrire au général de division; je vais écrire au président Wilson!
Un autre médecin, qui avait les bras couverts de sang jusqu'aux coudes, est intervenu:
— Pour l'amour du ciel, faites-lui une injection si ça peut l'empêcher de brailler.

Juste au moment où je commençais à m'engourdir, je me suis redressé et j'ai lancé au premier médecin :
— Et nom de Dieu, vous avez intérêt à pas vous rater en plus !
Le médecin plein de sang a ri.
— T'es toujours avec nous, Marie courage ? il a demandé.
— Va te enfoiré ! j'ai dit.

Soldat Martin Dailey

Je me suis réveillé dans un train sanitaire. J'avais les yeux qui me brûlaient et mal dans la poitrine et je sentais des élancements dans la jambe. D'où j'étais étendu, je pouvais apercevoir de temps en temps des bouts de campagne française couverte de coquelicots et de moutarde en fleurs. Un moment, j'ai entendu la rumeur des voix et le fracas des locomotives quand on a fait halte dans une gare sur le trajet. Je me suis rallongé et j'ai refermé les yeux. Le wagon puait le désinfectant et le sang séché, et aussi l'odeur que dégagent des hommes qu'on a enfermés ensemble en grand nombre.

Au-dessus de moi, un type parlait sans arrêt du Nebraska. Sa main, qui pendait de son lit, était d'un blanc un peu gris et ses ongles viraient au bleu. Il parlait doucement, d'une voix lente. Il voulait dire des tas de choses, parce qu'il savait qu'il allait mourir avant qu'on ait atteint l'hôpital. Mais il n'y avait personne pour l'écouter. On était étendus là, la plupart en silence, et on pensait chacun à son propre malheur, comme des moutons qu'on vient de castrer, trop fatigués pour que jurer nous soit un soulagement. On fixait bêtement le plafond, ou on jetait un coup d'œil entre les portes vers la jolie campagne qui fleurissait partout.

Soldat Henry Demarest

Quand je suis arrivé à l'hôpital, on m'a fait prendre un bain chaud et on m'a enfilé une chemise de nuit propre. Ensuite, un infirmier m'a poussé dans un fauteuil roulant jusque dans la salle d'opération, où les médecins travaillaient jour et nuit par roulement. Je me suis réveillé, quelque temps plus tard, dans des draps frais qui sentaient la lavande.

L'hôpital avait été en son temps une belle demeure privée, et la pièce dans laquelle on avait placé mon lit était alors le jardin d'hiver. Dehors, je voyais le parc, les arbres qui se courbaient dans le vent d'un côté et de l'autre, comme de vieilles dames dont les capes s'envolent. J'ai regardé les arbres et la pluie longtemps. J'ai compris alors pour la première fois ces vers de Verlaine : "Il pleure dans mon cœur Comme il pleut sur la ville..." Je me les répétais sans cesse à voix basse.

Un long moment après, un médecin est venu m'examiner. Je pleurais sans bruit. Je savais bien ce que je faisais, mais je ne voulais pas m'arrêter. Il m'a demandé :

— Qu'est-ce qui ne va pas, mon garçon ? Vous n'avez aucune inquiétude à avoir. On va vous fabriquer une nouvelle jambe tellement bien réussie que personne ne fera la différence.

— Je suis tellement reconnaissant d'être ici, j'ai répondu. Vous comprenez, je suis resté six mois sur le front, et pendant tout ce temps, j'ai cru à chaque instant que j'allais être tué... Je n'ai jamais cru que j'en sortirais vivant. Alors de me retrouver là maintenant, dans des draps propres, et tout le monde qui est si gentil avec moi...

J'ai essayé d'arrêter de pleurer, mais je n'y suis pas arrivé...
— C'est pas très digne, j'ai dit, mais je suis tellement heureux, je voudrais lécher la main de tout le monde...
— Bon, a dit le médecin en me tapotant la tête. Il faut dormir maintenant. Vous me raconterez tout ça demain quand je reviendrai vous voir.

Caporal Lloyd Somerville

Tous les hommes dans notre salle étaient des gazés, et on allait tous mourir. Les infirmières savaient qu'on ne pouvait rien pour nous, et la plupart des hommes l'avaient compris aussi... Dans un lit à l'autre bout de la pièce, un homme se débattait et s'efforçait de respirer. La sueur lui dégoulinait sur la figure et il reprenait son souffle en aspirant avec un sifflement aigu. Après chaque moment difficile, il se rallongeait, exténué, et il faisait un bruit de bulles avec ses lèvres, comme pour s'excuser d'avoir dérangé la salle ; parce que chaque fois que cet homme s'efforçait de retrouver son souffle, inconsciemment, les autres luttaient avec lui ; et quand il se rallongeait, exténué, on desserrait les poings et on se détendait un peu aussi. Je me disais : Ce gars me fait penser à une soprano au bout du rouleau en train de faire ses gammes...

Un homme dont le visage commençait à prendre la couleur du ciment mouillé s'est penché par-dessus le bord de son lit de camp pour vomir dans un seau en fer-blanc... Et puis la soprano a encore essayé de pousser un aigu, et là j'ai su que je ne pourrais plus le supporter. Je me suis mis à donner des coups de poing dans mon matelas, mon cœur s'est emballé, et je me suis rappelé que les médecins m'avaient dit que ma seule chance, c'était de rester calme et de ne pas m'agiter...

L'infirmière de nuit s'est approchée de moi. Elle était grosse et vieille, et elle marchait sur l'extérieur des pieds comme un ours apprivoisé. Elle avait sur le menton une tache de naissance violacée. Debout au-dessus de moi, elle me regardait sans pouvoir rien faire.

— Ça vous fait bien marrer, vous, tout ça, hein ? j'ai dit.

Elle m'a pas répondu, je me suis mis à rire et à pleurer et à hurler toutes les saletés que j'avais entendues dans ma vie, mais elle s'est penchée vers moi sans un mot et elle m'a embrassé sur la bouche...

— Un grand garçon comme vous ! elle a dit avec mépris. Oh, j'aurais honte, moi, vraiment, j'aurais honte !...

J'ai attrapé sa main et je l'ai serrée fort. Je sentais mon cœur qui ralentissait. Mes orteils se sont décrispés et mes jambes ont commencé à se détendre. Elles étaient raides et engourdies. J'avais l'impression qu'on les avait frappées à coups de bâton.

Et puis l'infirmière est restée debout au-dessus de mon lit, à essayer de trouver ce qu'elle pouvait faire pour m'aider. J'ai tourné la tête et appuyé les lèvres contre la paume de sa main. Je voulais qu'elle sache que je n'avais plus peur. Je l'ai regardée droit dans les yeux et j'ai souri, et elle m'a souri aussi...

— Je sais ce qu'il vous faut, tiens, elle a dit, c'est un petit coup d'eau-de-vie.

J'ai répondu que oui, j'étais bien d'accord.

— Vous en avez déjà bu de l'eau-de-vie, au moins ? elle m'a demandé, inquiète. Je ne voudrais pas être celle qui vous donne votre premier verre...

Soldat Lawrence Dickson

Au début du mois de juin, on a repris une position dans le bois de Belleau que le 6ᵉ régiment venait d'évacuer après avoir lancé une attaque le matin même. Il restait beaucoup de choses qu'on pouvait récupérer, et parmi elles un certain nombre de lettres qui avaient été déchirées puis jetées. J'en ai reconstitué une en partie et je l'ai lue, mais j'ai jamais réussi à trouver les dernières pages. Elle était adressée à un homme du nom de Francis R. Toleman, et jamais de ma vie j'ai lu de lettre aussi intéressante. Je l'ai gardée avec moi pendant longtemps en espérant qu'un jour je rencontrerai ce gars du nom de Toleman, mais c'est jamais arrivé.

S'il est en vie aujourd'hui et s'il lit ça, je serais rudement content qu'il veuille bien m'écrire pour me dire si Jim et Milly ont fini par se remettre ensemble. Et j'aimerais aussi savoir ce qu'Alice Wilson a bien pu faire pour que sa propre famille se retourne contre elle comme ça.

Soldat Nathan Mountain

On entendait les moteurs au-dessus de nous qui bourdonnaient, comme les raboteuses d'une scierie dans le lointain. Puis venait un silence, juste avant le sifflement de la bombe qui commençait sa descente. Dès qu'on le repérait, la colonne, d'abord terrorisée, s'immobilisait, et puis les hommes rassemblaient leurs forces, en espérant que le pilote allait rater la route cette fois-là. Ensuite venaient un éclair et une explosion, et après on contournait l'entonnoir, la cigarette toujours aux lèvres, et les morts qui étaient couchés dedans. Les hommes doublaient le pas pour rattraper la colonne de reconnaissance, on se chamaillait, on se bousculait, sac léger sur le dos seulement, fusil en bandoulière.

Et puis Mamie, la mule de la roulante, a perdu la boule. Elle s'est mise à ruer, à se cabrer, à braire, des cris rauques qui n'arrêtaient plus. Quand Pig Iron Riggin a essayé de la calmer, elle a baissé les oreilles et voulu lui mordre la main, et ses yeux affolés roulaient dans tous les sens. Elle a fini par se dégager de son harnais et on l'a vue arriver sur la route, ruant et braillant tout ce qu'elle pouvait, traînant après elle les chaînes de trait rompues qui raclaient par terre. Un moment, elle a tourné en rond en levant le train arrière comme une forcenée, et puis elle a sauté par-dessus la route et filé à travers les bois.

Les avions, qui entre-temps avaient gagné en audace, se sont mis à survoler la route de près pour nous arroser à la mitrailleuse. On voyait les éclairs sortir des canons, et dans le ciel les balles traçantes rouges ressemblaient à des lucioles…

On restait ventre contre terre, on embrassait la route, on essayait de se fondre dans le sol, pendant qu'autour de nous les balles pleuvaient.

— Notre bonne vieille Mamie se pique une crise, a crié Albert Hayes en rigolant.

— Oui, j'ai répondu.

À l'aube, on a atteint Soissons et on a lancé l'attaque.

Soldat Christian Geils

— Sors de ce trou d'obus! le sergent Donohoe a crié. Sors de là. Dégage!
— Non, j'ai dit. Non.
J'avais le corps qui s'agitait dans tous les sens comme quelqu'un qui a la danse de Saint-Guy. Mes mains tremblaient et mes dents n'arrêtaient pas de claquer les unes contre les autres.
— Espèce de salopard! Salopard de lâche! criait Donohoe.
Il s'est mis à m'envoyer des coups avec le canon de son fusil.
— Sors de là! il a crié encore.
— Je vais pas plus loin, j'ai dit. J'en peux plus.
— Salopard de lâche! il a répété.
Le lieutenant Fairbrother est arrivé.
— Qu'est-ce qui se passe, ici? il a demandé.
Je suis sorti du trou à quatre pattes et je me suis mis debout face à eux. Je voulais dire quelque chose, mais je n'y arrivais pas. J'ai commencé à reculer lentement.
— Reste où tu es! a dit le lieutenant, mais j'ai continué de reculer.
— Salopard de lâche! a crié le sergent Donohoe.
Et puis il a levé son pistolet et visé ma tête.
— Reste où tu es! a redit le lieutenant Fairbrother.
Je voulais rester où j'étais. J'ai essayé de rester où j'étais. Je n'arrêtais pas de me dire: Si je reste pas où je suis, il va me tirer dessus, sûr et certain!... Mais impossible: je continuais de reculer. Il y a eu un silence. J'entendais mes dents qui claquaient les unes contre les autres, elles jouaient une musique. Reste où

tu es ! je me disais à moi-même. Reste où tu es, bon sang... Il va te tirer dessus ! Alors je me suis retourné et je me suis mis à courir, et à ce moment-là j'ai entendu la détonation du pistolet du sergent Donohoe, je suis tombé dans la boue et le sang s'est mis à gicler de ma bouche.

Soldat Mark Mumford

Bernie Glass, Jakie Brauer et moi, quand on a sauté dans la tranchée, on a vu personne sauf un tout jeune Allemand rondouillard qui était mort de trouille. Il était en train de dormir dans un abri et quand on a sauté, les baïonnettes fixées à nos fusils, il est sorti de son abri en courant et il a essayé de passer par-dessus le parapet. Jakie l'a rattrapé par le fond du pantalon et l'a ramené dans la tranchée et Bernie a fait mine de l'attaquer avec sa baïonnette deux ou trois fois, juste pour lui faire peur, et je peux vous dire que ça a bien marché! Mais quand Jakie s'est mis à lui parler en allemand, le gamin s'est calmé un peu.

Il nous a suppliés de le laisser partir, mais on lui a dit que c'était pas possible vu que, selon les instructions du capitaine Matlock, on devait le faire prisonnier. Alors il a dit qu'il préférait être tué tout de suite, parce que les Américains tranchaient les mains et les pieds de tous leurs prisonniers. De votre vie, vous avez déjà entendu quelque chose d'aussi idiot? Quand Jakie nous a rapporté ce qu'il avait dit, sur le coup Bernie s'est fâché.

— Demande-lui où il a eu son tuyau, il a fait. Demande-lui qui lui a raconté des bobards pareils.

Après avoir reparlé avec le gamin, Jakie s'est tourné vers nous pour nous répéter sa réponse en anglais :

— Il dit que c'est ce qu'on leur a appris au camp d'instruction. Il dit que tout le monde le sait. Que c'est même dans les journaux.

— Ben mon petit salaud, s'est exclamé Bernie, oser dire ça quand tout le monde sait que c'est pas nous, mais eux, les

Teutons, qui font ces trucs-là. Sacré nom de Dieu, si c'est pas du culot, ça !

Et puis il s'est mis à rire :

— J'ai une idée : on va s'amuser un peu. Dis-lui que d'après le règlement, quand on fait un prisonnier, on doit lui tailler ses initiales sur la peau du ventre avec un couteau de tranchée !

— D'accord, a répondu Jakie, et puis il a éclaté de rire.

Quand il a arrêté de se gondoler, il a répété au petit Allemand ce que Bernie avait dit, et j'ai bien cru que le gamin allait tourner de l'œil. Il est devenu tout pâle et il s'est mis à gémir, allongé dans la tranchée, la joue contre la paroi. Et puis il a déboutonné sa tunique et on a vu qu'il portait un beau ceinturon *Gott Mit Uns*. Jakie le voulait en souvenir. Il l'a montré à Bernie et lui a dit qu'il allait se le prendre si aucun d'entre nous le voulait, mais Bernie a dit :

— Tu peux pas faire ça : ça serait du vol !

Jakie a dit :

— Bon, d'accord, je vais lui acheter alors.

Donc il a expliqué au petit Allemand qu'il voulait son ceinturon et qu'il lui en donnait dix francs.

Le gamin lui a pas répondu. Je crois qu'il a même pas entendu Jakie tellement il pleurait et tellement il se tordait les mains en pensant à comment on allait lui taillader le ventre.

— Vas-y, t'as qu'à lui prendre, du coup ! a dit Bernie, prends-le si tu le veux !

Mais quand Jakie s'est penché pour défaire la boucle du ceinturon, le petit gamin allemand a poussé un cri et il lui a tranché la gorge d'une oreille à l'autre avec un couteau qu'il tenait caché sous sa tunique !

Soldat Bernard Glass

Quand j'ai vu Jakie Brauer tomber, et ses artères qui crachaient le sang contre la paroi de la tranchée comme un poulet à qui on vient d'arracher le cou, ça m'a tellement surpris que je suis resté planté comme un imbécile pendant que le gamin allemand escaladait le parapet et partait en courant. Au bout d'un moment, j'ai repris mes esprits et je me suis mis à lui courir après. J'aurais pu lui tirer dessus facile, mais c'était encore trop bien pour cette ordure... Quand on l'avait traité de façon aussi correcte : en lui proposant de lui acheter son ceinturon plutôt que de le prendre, ce qu'on aurait pu faire sans aucun problème ! Il a presque réussi à me faire perdre mon souffle, mais j'ai fini par le rattraper. Je lui ai enfoncé ma baïonnette dans le corps une fois et puis deux et puis encore. Et après je lui ai frappé le crâne avec la crosse de mon fusil.

C'était un sale coup de traître, couper la gorge de Jakie comme ça. Jakie, c'était l'homme le plus régulier que j'ai jamais connu et il aurait pas fait de mal à une mouche, tant qu'il pouvait l'éviter. De le voir la tête presque tranchée, et ses yeux... Ce qui prouve bien qu'on peut pas faire confiance à un Teuton. Je sais que moi, j'ai jamais laissé une seule chance à un Allemand après ça.

Soldat John Townsend

J'ai été gazé vers la tombée du jour, trop tard pour qu'on me renvoie au poste de secours, alors le lieutenant Bartelstone m'a dit d'aller dormir un peu dans l'abri-caverne. Il a dit qu'il me ferait transporter à l'arrière à la première heure le lendemain matin.

À un moment dans la nuit, j'ai été réveillé par le bruit d'armes automatiques, et j'ai entendu des cris et des jurons tout le long de la ligne. C'était un coup de main, je le savais. Je me suis assis et j'ai essayé d'ouvrir les yeux, mais ils avaient suppuré et ils étaient collés. Je me sentais oppressé, j'avais mal au ventre. Les tirs ont augmenté et les cris se sont rapprochés. J'ai pensé : Ils vont prendre ces tranchées ! Je ferais mieux de sortir maintenant, tant que je peux encore ! Je me suis levé de mon lit de fer et j'ai essayé de sortir à tâtons, mais je butais partout et je me cognais la tête ; pour finir, j'étais tellement désorienté que je me rappelais plus où étaient les marches. J'ai commencé à avoir peur. J'ai posé les mains à plat contre la paroi et j'ai appelé doucement :

— Romano !... Halsey !...

Mais en appelant je savais déjà qu'il n'y avait que moi dans l'abri.

Il y a eu des cris et des tirs juste au-dessus de ma tête, et après ça j'ai entendu courir dehors sur les caillebotis, et puis crier des mots énervés et gutturaux que j'arrivais pas à comprendre. La porte de l'abri s'est ouverte et quelqu'un a lancé une grenade.

— Non, j'ai dit, non...

J'ai fini par trouver les marches, j'ai commencé à les monter à quatre pattes en faisant bien attention, j'ai atteint la dernière et senti l'air froid sur mon visage. Je me suis redressé et j'ai levé les mains pour montrer que je n'étais pas armé. Je ne voyais pas, mais j'avais l'impression qu'il y avait beaucoup d'hommes devant moi...

— Je suis aveugle et sans défense, j'ai dit, s'il vous plaît, ne me faites pas de mal...

Il y a eu un silence pendant que j'attendais là, debout, les mains au-dessus de la tête; et puis quelqu'un m'a transpercé avec une baïonnette, on m'a frappé avec la crosse d'un fusil, je suis tombé, j'ai dégringolé les marches jusque dans l'abri.

Soldat Wilbur Halsey

L'infirmière-major nous a dit qu'on pouvait aller partout où on voulait en ville, sauf du côté de la rue Serpentine : si on allait par là-bas, nos titres de permission nous seraient retirés et on n'en aurait plus jamais jusqu'à notre sortie de l'hôpital.
Une fois qu'on a été dehors au soleil, la première chose que Herb Merriam m'a dite, c'est :
— Où est-ce qu'elle est, cette foutue rue Serpentine ?
J'ai ri.
— Aucune idée, j'ai dit, mais on va la trouver.
On a cherché, mais on n'a pas réussi à la repérer. On a fini par traverser le canal et par entrer dans un petit café. On a commandé deux fines.
— Demande au serveur où c'est, Herb Merriam m'a dit.
— Oh, non, j'ai pas envie, j'ai répondu.
— Allez ! Herb a insisté. Vas-y, demande-lui !
Quand le serveur est revenu vers nous, je lui ai parlé en français en m'appliquant bien :
— Pourriez-vous s'il vous plaît nous indiquer...
Mais le serveur ne m'a pas laissé finir.
— Vous prenez vers l'est, vous passez quatre pâtés de maisons, la rue Serpentine, ça sera sur votre droite, il a dit d'un ton blasé sans même lever les yeux de la table.
Herb et moi, on s'est mis à rire.
— Grouille-toi de finir ton verre, il a dit, on y va.
On est rentrés à l'hôpital une heure avant le dîner. Miss Mattson, l'infirmière de jour, s'apprêtait à quitter son service.

— Alors, elle leur a plu, la rue Serpentine ? elle nous a demandé.

Herb a piqué un fard, moi aussi, et on a tous les deux regardé nos pieds.

— Descendez donc vous faire expliquer le traitement prophylactique, elle a dit d'une voix neutre. Prenez le couloir sur votre droite, ce sera la première porte.

Soldat Harry Waddell

Voilà comment ça s'est vraiment passé. On était de repos dans un bois près de Boissy, juste après notre retour du front où on avait été en première ligne pendant dix jours. Cet après-midi-là, la plupart des gars ont eu du savon et ont fait une lessive, ou ils ont écrit chez eux, mais on a été un ou deux à décider de prendre quartier libre sans permission pour voir à quoi ressemblait le pays.

Sur la route, entre deux prés, j'ai vu une fille qui gardait une vache, elle chassait les mouches qui lui venaient sur le dos avec une branche de saule. Quand elle m'a souri et qu'elle a fait un petit bruit avec sa bouche, j'ai sauté par-dessus la clôture pour aller vers elle. Elle m'a regardé en plissant les yeux et elle a ri. Ensuite elle a passé les bras derrière sa tête et puis elle a bâillé, et quand elle a fait ça, ses seins ont bondi vers moi comme des petits lapins. Je me suis approché d'elle et j'ai posé les mains sur ses cuisses, elle est venue plaquer ses hanches contre moi et elle s'est mise à remuer du bassin. Et puis elle m'a plongé la tête dans son décolleté, ses yeux ont chaviré et on a commencé à s'embrasser. Il faisait chaud ce jour-là, ses cheveux étaient collés contre son crâne. Elle avait des perles de transpiration sur la gorge et sur les lèvres et elle dégageait une odeur de sueur et de foin de trèfle.

Et puis tout à coup elle m'a repoussé comme si elle avait peur de quelque chose, et au même moment j'ai vu un homme qui nous regardait de l'autre côté de la clôture. La fille s'est mise à pousser des cris et à me donner des coups avec sa branche. J'ai sauté par-dessus la clôture et détalé sur la route, mais l'homme m'a couru après, il criait en agitant une bêche. Alors d'autres personnes l'ont rejoint, des hommes et des femmes, tous à me poursuivre armés de bâtons et de fourches. Ils ont fini par me coincer complètement, et je n'ai plus bougé. C'est comme ça que ça s'est vraiment passé. S'il vous plaît, mon Dieu, aidez-moi.

Soldat Benjamin Hunzinger

Je n'avais pas la moindre intention de déserter : rien n'était plus loin de moi, ce soir-là. Mais c'est que l'après-midi j'avais rencontré une serveuse dans un café pendant que j'étais en permission au village, et elle m'avait promis de me retrouver plus tard au bord du canal. Le sergent Howie était avec moi quand j'avais pris rendez-vous et il a témoigné en ma faveur devant le tribunal, mais ça a pas servi à grand-chose.

Donc, après l'extinction des feux ce soir-là, j'ai discrètement quitté le campement et passé la sentinelle de garde sur la route. Annette (ou quelque chose comme ça : j'ai jamais bien réussi à comprendre son nom exactement) m'attendait, comme elle avait dit. On a marché bras dessus bras dessous le long du canal et puis on s'est assis dans l'herbe, derrière une haie d'aubépines en fleur. Je savais pas quoi dire, elle savait pas quoi dire non plus, et on se serait compris ni l'un ni l'autre de toute façon. Alors on est restés assis comme ça, enlacés, à respirer les fleurs d'aubépine et à écouter l'eau du canal qui clapotait contre les roseaux.

Puis la lune est apparue et on s'est étendus dans l'herbe. Après, on a roulé sous la haie et elle m'a laissé la toucher. On est restés dans les bras l'un de l'autre toute la nuit, mais juste avant l'aube on s'est séparés, moi qui allais retrouver ma compagnie, et elle qui se tenait dos à la haie en me faisant signe de la main.

J'ai coupé à travers champs, je voulais regagner le dortoir avant l'appel, mais quand j'ai atteint le campement, ma compagnie était partie. J'ai remballé mon barda et je me suis dépêché de les rattraper, je pensais pouvoir les dépasser. Quand j'y suis arrivé, dix jours plus tard, ils étaient au combat à Saint-Mihiel. On m'a retiré mon fusil et on m'a arrêté, pour désertion devant l'ennemi. "C'est pas vrai, bon Dieu, vous pouvez pas dire ça! je répétais sans cesse. Je suis pas un déserteur. J'avais aucune intention de déserter."

Soldat Plez Yancey

On devait nous attribuer un secteur tranquille pour une fois et, en vérité, c'est bien ce qu'on a eu. Derrière nous se trouvait la ville de Pont-à-Mousson, devant nous coulait la Moselle, et de l'autre côté du fleuve les Allemands étaient dans leurs tranchées. La nuit où on a pris la relève, les Français nous ont expliqué les règles du jeu et nous ont demandé de les respecter : le matin, les Allemands pouvaient descendre au bord de l'eau pour nager, faire la lessive ou ramasser des fruits dans les arbres de leur côté du fleuve. L'après-midi, ils devaient disparaître et on avait toute liberté de nager, de jouer ou de manger des prunes de notre côté à nous. Ça marchait impeccablement.

Un matin, les Allemands nous ont laissé un mot où ils s'excusaient de devoir nous informer qu'on allait être bombardés ce soir-là, à 10 heures, et que le tir de barrage allait durer vingt minutes. Et ça n'a pas raté, l'artillerie a ouvert le feu, mais tout le monde s'était replié d'un kilomètre vers l'arrière et était allé se coucher, et il n'y a pas eu de mal. On a passé douze jours magnifiques stationnés près de la Moselle et puis, à notre grand regret, on a levé le camp. Mais on avait tous appris une chose : si les hommes de rang de chaque armée pouvaient simplement se retrouver au bord d'un fleuve pour discuter calmement, aucune guerre ne pourrait jamais durer plus d'une semaine.

Lieutenant Archibald Smith

Quand je suis entré dans le boyau de communication, j'ai entendu un bruit de pas légers derrière moi, comme des pieds pas chaussés. Je me suis retourné brusquement, et face à moi se trouvait le soldat Carter, le fusil levé, la baïonnette en place, la pointe qui me touchait presque la poitrine. Il avait une lueur étrange, hallucinée, dans les yeux. Son visage tressaillait et de sa gorge sortait une espèce de grognement de cochon. Il a appuyé la baïonnette contre mon ventre et m'a acculé à la paroi du boyau. J'ai regardé autour de moi, mais il n'y avait personne en vue ; j'ai tendu l'oreille, mais pas un son ne venait des caillebotis.

— Qu'est-ce que vous voulez, Carter ? j'ai demandé aussi posément que possible.

— Vous savez bien ! il a dit. Vous savez bien que vous avez une dent contre moi !

J'ai secoué la tête.

— Vous vous trompez, j'ai répondu. Vous vous trompez complètement, je vous assure, si c'est ce que vous pensez.

— Pourquoi vous me laissez pas tranquille ? il a demandé. Pourquoi vous prenez pas quelqu'un d'autre pour la patrouille. Pourquoi vous me laissez pas dormir ?

Tout à coup, il s'est mis à bâiller et ses yeux se sont remplis de fatigue. Il chancelait sur ses pieds. J'ai commencé à baisser les mains pour saisir le fusil, mais il s'est repris, il a appuyé sa baïonnette contre moi pour me mettre en garde, j'ai relevé les mains… Subitement, toute cette scène m'a paru absurde. J'ai éclaté de rire.

— Mais vous ne voyez pas, j'ai dit, que je voulais vous prendre en patrouille avec moi parce que je vous fais confiance, parce que je vous considère comme le meilleur homme de ma section. La raison, elle est là. Je ne m'acharne pas contre vous...
Il a secoué la tête.
— Vous avez une dent contre moi, il a répété.
— Non ! j'ai dit. Non : c'est faux. Vous vous trompez !
— Il faut que je dorme, il a dit. Je suis fatigué. Il faut que je dorme...
— D'accord, j'ai dit. Retournez à l'abri et allez vous coucher. Je veillerai à ce que vous ne soyez pas dérangé pendant les vingt-quatre heures qui viennent. Allez-y, allez dormir, et on oublie tous les deux ce qui vient de se passer.
Il a secoué la tête de nouveau. Ses yeux ont cligné et se sont presque fermés.
— Vous avez une dent contre moi, il a répété, comme s'il lisait dans un livre.
Puis, sans hâte, il a poussé sur la crosse de son fusil et la baïonnette est lentement entrée dans mon corps. Il l'a ensuite retirée et il l'a enfoncée encore plusieurs fois rapidement. Je suis tombé contre le caillebotis et je suis resté allongé dans la boue. Debout au-dessus de moi, Carter nettoyait sa lame avec la terre glaise qu'il arrachait à la paroi du boyau.

Soldat Edward Carter

La nuit de dimanche, j'étais envoyé réparer les barbelés avec le sergent Mooney. C'était pas mon tour, mais le lieutenant Smith avait dit qu'il voulait que Mooney me prenne avec lui. Lundi matin, j'étais de corvée à la cuistance et j'ai fini juste à temps pour partir en patrouille avec le lieutenant Smith, qui m'a encore demandé. Mardi matin, c'était mon tour de garde normal et la nuit de mardi, j'étais de sentinelle à l'abri pour les gaz. Tôt mercredi matin, un détachement est parti à l'arrière chercher le rata, et le lieutenant Smith a dit qu'il valait mieux que je les accompagne parce que je connaissais les routes. J'étais juste revenu et je venais de fermer les yeux quand le sergent Tietjen m'a réveillé.

— Bon Dieu, j'ai dit. Trouvez quelqu'un d'autre. Y a pas que moi dans cette section. Ça fait une semaine que j'ai pas dormi.

— J'y peux rien, a dit Tietjen. Je sais que c'est vache, mais le lieutenant Smith a dit que je devais t'emmener.

— Le salaud! j'ai dit. Pourquoi est-ce qu'il a une dent contre moi? Pourquoi il faut qu'il s'acharne après moi comme ça?

— Je sais pas, a dit Tietjen. Je te répète juste ce qu'il a dit.

Je me suis relevé et je suis parti pour la corvée de travaux. Au retour, j'étais tellement lessivé et rincé que je pouvais à peine garder les yeux ouverts. J'ai pas attendu le dîner. Je suis allé me coucher, comme j'étais, et j'avais pas fini de m'installer que j'étais déjà endormi. Et puis, presque tout de suite, quelqu'un était là au-dessus de moi à me secouer. J'étais pas

complètement réveillé, mais j'ai entendu la voix du caporal Brockett de très loin.
— Eddie est assez fatigué, mon lieutenant. Il a passé la journée aux travaux. Vous feriez peut-être mieux de prendre quelqu'un d'autre...
Et la voix du lieutenant Smith :
— Il sera en forme une fois debout.
J'ai ouvert les yeux et je me suis assis, le lieutenant était devant moi, l'air frais et dispos. Espèce de salaud ! j'ai pensé. Espèce de gros salaud !... J'ai regardé par terre et j'ai caché ma tête dans mes mains pour qu'il voie pas comme je le haïssais.
— On part à 10 heures, il a dit. On sera dehors toute la nuit.
Et puis il a regardé sa montre.
— J'ai juste le temps d'aller au quartier général écrire quelques lettres avant qu'on démarre, il a dit.
Et puis il a ri, il m'a tapoté l'épaule et il est sorti. Espèce de salaud ! j'ai pensé. Pourquoi tu t'acharnes comme ça après moi ?
Quand il a été parti, je suis resté assis une minute avant de prendre ma décision. Puis j'ai discrètement quitté l'abri et j'ai couru dans l'ancien boyau que les Français avaient abandonné et qui était en partie bouché. Je l'attendais dans la tranchée de réserve quand il est passé en fredonnant *La Paloma* tout bas. J'avais enlevé mes souliers pour pas faire de bruit sur les caillebotis. Je l'ai suivi sur trois cents mètres environ, toujours pas décidé, et puis il s'est retourné et il m'a vu. Il a essayé de me dissuader, mais je l'ai épinglé contre la paroi du boyau et je lui ai planté ma baïonnette dans le corps jusqu'à ce qu'il respire plus. Après ça, j'ai couru jusqu'à l'abri aussi vite que j'ai pu, et j'étais endormi avant que la sentinelle ait fini sa ronde ou que j'aie commencé à manquer à quelqu'un.

Soldat Emile Ayres

Au début, j'écoutais Les Yawfitz et ce gars, Nallett, quand ils discutent tous les deux au dortoir. Ils ont fait des études, et n'importe quel sujet qui se présente, ils peuvent en débattre. Mais la plupart du temps, c'est de la guerre qu'ils parlent, et de comment c'est les nantis qui l'ont causée uniquement pour protéger leurs propres intérêts. Que l'idéalisme ou l'amour de la patrie puissent avoir un rapport avec la guerre, ça les fait rire. La guerre, pour eux, c'est brutal et dégradant, et les imbéciles qui se battent sont des pions destinés à servir les intérêts des autres.

Pendant un temps, je les ai écoutés, et j'ai essayé de bien réfléchir à la question dans ma tête. Et puis j'ai arrêté d'y penser. Si les trucs qu'ils disent sont vrais pour de bon, je veux pas le savoir. Je deviendrais dingue et je me tuerais, si je pensais que c'était vrai... Un homme qui verrait réellement les choses comme ça, je comprends pas comment il pourrait vouloir, comment il pourrait se permettre de...

Alors maintenant, quand ils commencent à parler, je me lève et je quitte le dortoir, ou alors je me tourne contre le mur et je me bouche les oreilles.

Soldat Martin Appleton

Vous êtes-vous déjà trouvé seul par une nuit calme, face au monde en train de vibrer sous les secousses des armes, à regarder des lumières venir sans bruit toucher l'horizon là où vous ne les auriez pas attendues ? Avez-vous déjà regardé la lune tout juste apparue derrière des peupliers se hisser de branche en branche, chacune entrelacée, jusqu'à s'extraire des ramures mortes et gagner un ciel serein ?... Ces choses, je les ai vues, et je peux vous dire qu'elles sont belles.

Puis viennent les fusées (leurs feux blanc, or, vert) qui s'élèvent dans l'air en dessinant de longues courbes indolentes. Parfois elles se gonflent et se défont sous vos yeux dans un faible soupir d'où coule une lumière impersonnelle que le vent emporte ; parfois elles deviennent des étoiles aux riches couleurs chaudes qui, l'espace d'un instant, brûlent d'un éclat pur, puis expirent avant que vous ayez pu percevoir le moment de leur anéantissement.

Jamais je ne vois la clarté des fusées flotter au-dessus des tranchées sans penser au temps et à l'infini, et au Créateur de l'univers ; ni sans penser que cette guerre et mon désespoir sont à Ses yeux aussi insignifiants et, sans aucun doute, aussi lointains que le sont pour mon esprit fini les fusées dans leur ascension et dans leur chute.

Soldat Leslie Westmore

Quelque chose n'arrêtait pas de me dire : "S'il arrivait par hasard que ton fusil parte et qu'il t'atteigne au genou, tu te retrouverais la jambe raide, et la guerre serait finie pour toi. Tu aurais de la chance de pouvoir t'en sortir à si peu de frais."

Je n'écoutais pas la voix qui me murmurait à l'oreille. Ça serait lâche de faire ça. Je ne pourrais plus jamais garder la tête haute après. Je ne pourrais plus jamais regarder les gens en face, je pensais.

"Et si là, maintenant, tu devenais aveugle, la voix reprenait, personne ne pourrait te le reprocher évidemment ! Penses-y ! Ton oncle Frederick est devenu aveugle et ta grand-mère a perdu la vue avant de mourir. C'est de famille."

"Oui, c'est tout à fait vrai, je répondais, mais oncle Fred avait la cataracte, et on aurait pu l'opérer, et grand-mère a eu une bonne vue jusqu'à plus de soixante-quinze ans."

"Très bien, disait la voix. Vas-y, alors, si tu préfères te faire tuer... Mais tu es un imbécile, si tu veux mon avis !"

"Je préférerais me faire tuer plutôt que de devenir aveugle, je disais. C'est un risque que je vais prendre."

"Tu mens, disait la voix. Tu sais très bien que tu mens..."

Je me retournais dans mon lit, j'appréciais le confort d'un cantonnement par rapport à celui d'un abri de première ligne. Dans quelques jours, on remonterait au front..."

"Essaie ! disait la voix. Ce n'est pas si terrible. Ton oncle Fred a été heureux après, non ? Et rappelle-toi ta grand-mère qu'on traitait comme une reine, tout le monde lui faisait ses quatre volontés !... Ferme les yeux et essaie donc un petit peu ! Tu verras que ce n'est pas si terrible..."

"D'accord, j'ai fini par répondre, mais juste une minute."

J'ai fermé les yeux et je me suis dit : Je suis aveugle maintenant. Puis j'ai rouvert les yeux, mais là je n'ai plus rien vu... C'est ridicule, j'ai pensé. Mes yeux vont très bien. C'est absurde. ...

"Qu'est-ce que tu en sais ? m'a demandé la voix. Souviens-toi de ta grand-mère et de ton oncle Fred."

Je me suis dressé d'un bond, effrayé. Tout était noir devant moi quand je me suis mis à marcher et à buter contre des gars qui jouaient au vingt et un par terre.

— Regarde où tu mets les pieds ! s'est écrié le sergent Howie. Tu te crois où, bon sang ?

Je suis resté là sans bouger. Puis j'ai senti que Walt Rose se levait. J'entendais sa respiration et je savais qu'il observait ma figure de près...

— Hé, les gars, ramenez-vous, vite ! il a dit d'une voix excitée.

J'ai entendu grincer le lit de Carter Atlas qui se précipitait. J'ai entendu la voix de Walter Landt et celle de Larry Dickson. J'ai senti qu'ils faisaient tous cercle autour de moi, mais je suis resté où j'étais sans rien dire.

— Tu peux pas nous voir ? a demandé Walt Rose. Tu peux pas nous voir du tout, Les ?

— Non, j'ai répondu... Je suis complètement aveugle.

Alors un sentiment de soulagement m'a envahi. Je me suis senti plus heureux que je ne l'avais été depuis des mois.

— La guerre est finie pour moi, j'ai dit.

Soldat Sylvester Wendell

Comme le capitaine Matlock recevait un grand nombre de lettres des parents d'hommes tombés au combat, il a décidé, pour chaque homme mort, d'écrire au membre de sa famille le plus proche, ainsi qu'indiqué dans son livret militaire, et m'a confié la tâche de rassembler pour chacun les faits qui me permettraient de rédiger la lettre de condoléances appropriée.

Assis dans le bureau de la compagnie, j'écrivais donc mes lettres pendant que Steve Waller, l'ordonnance, remplissait son registre de solde. J'attribuais à chaque homme une mort glorieuse, romantique, et des dernières paroles de circonstance, mais après la trentième lettre à peu près, les mensonges que je racontais ont commencé à me donner la nausée. J'ai décidé de dire la vérité dans une des lettres au moins, et voici ce que j'ai écrit :

> Chère Madame,
> Votre fils Francis est mort au bois de Belleau pour rien. Vous serez contente d'apprendre qu'au moment de sa mort, il grouillait de vermine et était affaibli par la diarrhée. Ses pieds avaient enflé et pourri, ils puaient. Il vivait comme un animal qui a peur, rongé par le froid et la faim. Puis, le 6 juin, une bille de shrapnel l'a frappé et il est mort lentement dans des souffrances atroces. Vous ne croirez jamais qu'il a pu vivre encore trois heures, mais c'est pourtant ce qu'il a fait. Il a vécu trois heures entières à hurler et jurer tour à tour. Vous comprenez, il n'avait rien

à quoi se raccrocher : depuis longtemps il avait compris que toutes ces choses auxquelles vous, sa mère, lui aviez appris à croire sous les mots honneur, courage et patriotisme, n'étaient que des mensonges...

J'ai lu cette partie de la lettre à Steve Waller. Il a écouté jusqu'à ce que j'aie fini, son visage n'exprimait rien. Puis il s'est étiré une ou deux fois.

— Allons voir au cantonnement si on arrive à convaincre la vieille de nous faire une petite douzaine d'œufs au plat, il a dit.

Je me taisais. Je restais assis devant ma machine à écrire.

— Ces mangeurs de grenouilles, ils battent le monde entier pour les œufs au plat, il a continué... Va savoir comment ils font mais, pour la cuisine, ils sont champions.

Je me suis levé alors et je me suis mis à rire, et j'ai déchiré la lettre que j'avais écrite.

— D'accord, Steve, j'ai dit. D'accord, je te suis !

Soldat Ralph Brucker

Les gars, si vous voulez vraiment tout savoir sur notre capitaine, Fishmouth Terry, je vais vous mettre au jus : il a trente-cinq ans, et avant la guerre il était chef de rayon dans un grand magasin. Sa femme pèse quatre-vingt-dix kilos, et sur la photo que j'ai vue, elle portait une robe décolletée et reniflait une rose. Fishmouth l'appelle "mon toutou", elle l'appelle "mon Terry chéri" et ils s'écrivent des lettres remplies de ce genre de niaiseries tout du long.

Mais attendez, vous savez pas encore le pire. Le soir, à l'arrière, il traîne en sous-vêtements, se gratte les pieds et mange des biscuits fourrés à la figue, et puis il lit un livre qui s'appelle *Chants d'amour des Indes*... Mais c'est pas le mauvais bougre, je vous assure. Il veut bien faire, Terry, mais il a pas beaucoup de jugeote, alors quand ils se mettent à l'asticoter au Q.G., ça le met dans tous ses états et après c'est la compagnie qui trinque. Moi, il m'a toujours bien traité et vous pouvez penser ce que vous voulez, les gars, mais c'est pas un mauvais bougre. Je crois que je suis plutôt bien placé pour le savoir : ça fait huit mois que je suis son ordonnance.

Soldat Byron Long

On a bivouaqué près de Belleville, cette nuit-là, et le lendemain matin on avait ordre de passer à l'épouillage dans un bâtiment situé au milieu d'un champ. On a enlevé nos vêtements à l'extérieur du bâtiment, on les a noués ensemble avec la cordelette de notre matricule, et l'infirmier les a mis dans une étuve où ils devaient cuire environ une heure. Ensuite on est passés à l'épouillage par groupe de cinquante. Il a fallu toute la matinée pour épouiller le bataillon, et pendant ce temps on a dû rester nus dans le champ à attendre que nos vêtements sortent des étuves.

Au bout d'un moment, le champ s'est retrouvé entouré de spectateurs, surtout des femmes, qui s'étaient assises dans l'herbe pour regarder, ou qui mangeaient leur déjeuner comme si de rien n'était. Une vieille dame avait apporté une chaise et un peu de couture. Je me suis approché de l'endroit où elle s'était installée, nu comme le jour où j'étais venu au monde.

— Cet après-midi, ça va être au tour du 1er bataillon, j'ai dit, mais mesdames, à votre place, je resterais pas à attendre. Quand on a vu mille hommes nus, on les a à peu près tous vus.

— Comment ? m'a répondu en français la vieille dame qui souriait gentiment.

Soldat Philip Wadsworth

Ma chasteté était un classique dans le répertoire de blagues de la compagnie : les relèves en entendaient parler avant d'apprendre le nom de leur commandant de section. Je les laissais rire et je m'occupais de mes affaires. Il était vain, je le savais, d'essayer de leur faire comprendre mon point de vue. Je le mentionne aujourd'hui uniquement parce que cela accentue la drôlerie du sort qui m'attendait.

Voilà comment c'est arrivé : nous étions cantonnés dans une petite ville française pour nous réorganiser et remplacer notre matériel, et nous disposions pendant cette période d'une liberté considérable. Jesse Bogan, qui appartenait à mon escouade, m'a proposé un soir d'aller au Café de la Poste partager une bouteille de vin. J'avais du courrier à écrire ; je n'y tenais pas vraiment, mais il a tellement insisté que j'ai accepté.

Quand nous sommes arrivés au café, il était bondé de soldats et aussi de femmes, assises avec eux à leurs tables. Dès que nous sommes entrés avec Jesse, une des femmes a quitté le groupe où elle se trouvait pour nous rejoindre à notre table. Le sergent Halligan, Hyman White et un ou deux autres l'ont suivie et ont essayé de la retenir auprès d'eux, mais elle m'a passé les bras autour du cou en disant : "Non ! Non ! Mon chouchou, c'est lui !" (J'ai découvert par la suite que tout cela avait été prévu. Même Jesse Bogan, en qui j'avais confiance, était dans le coup.)

Finalement, les hommes ont fait mine d'être fâchés contre la femme et ils ont regagné leur table pour savourer la plaisanterie. Puis, au bout d'un moment, Jesse Bogan s'est levé, et la femme et moi, nous nous sommes retrouvés seuls à la table.

Elle m'a demandé de l'accompagner dans sa chambre, mais j'ai refusé aussi poliment que possible. Je lui ai parlé de Lucy Walkers et expliqué que nous nous étions promis de rester purs l'un pour l'autre jusqu'à notre mariage. La femme m'écoutait avec compréhension. Elle m'a dit que j'avais raison. Elle a dit qu'une fille rencontrait rarement un homme avec des idées aussi nobles. Et puis elle s'est mise à évoquer la ferme près de Tours où elle était née et où elle avait été si heureuse. Elle m'a parlé de son fiancé, un garçon de son village ; de l'amour qu'ils se portaient, eux aussi, de leurs projets de mariage, et de sa mort au cours de la première bataille de la Marne. Elle pensait à lui tout le temps : elle regrettait toujours qu'il soit mort avant d'avoir consommé leur amour ou découvert combien la vie pouvait être riche et belle...

Pendant qu'elle parlait, je ne cessais de me dire : Mes principes sont absurdes. Je peux être tué la semaine prochaine. Je peux ne jamais revoir Lucy. La fille m'a pris la main, et les larmes lui sont montées aux yeux. Tout est triste et un peu confus, j'ai pensé. Quelle différence cela peut-il faire, d'un côté comme de l'autre, que j'aille avec cette femme ?

Après, j'avais honte. Je lui ai proposé vingt francs (je n'avais aucune idée du tarif pratiqué dans ce genre de situation), mais elle les a refusés. Elle s'agrippait à moi et m'embrassait. Elle disait que je lui rappelais le garçon tué à la bataille de la Marne : lui aussi, il avait été très innocent... Et pendant tout ce temps, elle savait qu'elle m'avait donné sa maladie.

Plus tard, je me suis inquiété et je suis allé au poste de secours. Le médecin m'a regardé de la tête aux pieds, il a rigolé puis il a fait signe aux infirmiers militaires. On m'a déféré devant un conseil de guerre parce que je n'étais pas passé au cabinet prophylactique et on m'a envoyé dans ce bataillon de travaux forcés. J'ai retourné la question des centaines de fois, pourtant je n'arrive toujours pas à comprendre ce qui, dans la chasteté masculine, prête à rire, ni pourquoi elle rebute ou offusque. La femme du café a reçu deux cents francs de mes amis pour me séduire. Elle leur a rejoué toute la scène une fois revenue au café : j'ai été très maladroit et très drôle, il paraît.

Soldat Alex Marro

O<small>N</small> bivouaquait dans un bois à environ dix kilomètres de Nancy, et cet après-midi-là, Gene Merriam, notre estafette de régiment, est passé voir son frère Herb. Il revenait de Nancy où il avait porté un message, et il nous racontait.

— Là-bas, il y a une maison qui a carrément pignon sur rue, il expliquait, et des filles jolies comme ça, vous en avez jamais vu de votre vie. Elles ont toutes les cheveux blonds, et puis elles sont assises, là, sur leur gros derrière dodu, dans leur kimono en dentelle, à remuer leur éventail et à déguster des poires…

Après son départ, Nate Mountain, Mart Passy et moi, on n'arrêtait plus de parler des différentes femmes qu'on avait connues et de se demander si on pouvait prendre le risque de sortir sans permission ce soir-là. On a rassemblé l'argent qu'on avait, ça nous faisait soixante-dix-huit francs. On s'est dit que ça devrait suffire pour nous trois, même si c'était une maison de première classe, et après l'appel, on a filé.

Gene Merriam nous avait bien indiqué comment y aller. On n'a pas eu beaucoup de mal à trouver. Nate est allé sonner à la porte, et peu de temps après une grande femme tout en os avec une mèche de cheveux gris ouvrait. Mais quand elle a vu nos uniformes crasseux, elle nous a fait signe de nous en aller. Puis elle a essayé de refermer la porte, mais Nate a été trop rapide pour elle. Il a glissé le pied dans l'entrebâillement et ne l'a plus bougé. La femme s'est mise à jacasser d'une voix haut perchée et à nous injurier en anglais.

Alors un officier de la police militaire, attiré par le raffut, est venu voir ce qui se passait. D'abord il a dit qu'il allait nous

arrêter parce qu'on était absents sans permission, mais Mart lui a donné cinquante francs et ça l'a mis de bonne humeur.
— Vous vous prenez pour qui ? il nous a demandé. C'est une maison pour galonnés, ici : faut au moins deux barrettes de capitaine pour entrer...
Et puis il a éclaté de rire.
— Ces putains sont des filles raffinées et sensibles. Une bande de pouilleux comme vous, elles voudraient même pas déboutonner leur culotte !
Et puis il s'est arrêté de rire et il a commencé à s'assombrir.
— Bon, allez, rejoignez votre troupe, là ! il a dit. Foutez-moi le camp vite fait avant que je change d'avis et que je vous serre tous !

Soldat John McGill

J'ai été envoyé au feu des tas de fois où tous les hommes ont été tués ou blessés sauf moi. Mon fusil m'a explosé dans les mains et par deux fois mon casque s'est fait traverser par des billes de shrapnel. Les boutons de ma tunique ont sauté, arrachés par une balle et même, une fois, c'est le ruban de mes plaques d'identification qui s'est fait couper par un tir de mitrailleuse. Et avec tout ça, je n'ai jamais eu une seule égratignure, alors que je suis chaque fois allé à l'attaque avec ma compagnie. Je pourrais continuer à vous énumérer des tas d'exemples pour vous montrer la chance que j'ai, mais la chose la plus étrange de toutes s'est passée juste après la bataille de Soissons.

On s'était repliés dans un bois où on se réorganisait et où on attendait que les traînards nous rejoignent. Il me fallait une nouvelle gamelle, la mienne avait été détruite avec mon sac, j'avais gardé tout ça sur le dos pendant le combat. (Encore une fois où je l'ai échappé belle, vous voyez!) Je me suis donc dirigé vers un tas d'objets à récupérer et j'ai ramassé une gamelle au hasard. De retour à ma tente, quand je l'ai regardée de près, j'ai vu qu'il y avait mon nom, John McGill, gravé dans le métal en belles lettres gothiques. Ça, c'était vraiment extraordinaire, non?... Vous pouvez dire que c'est une coïncidence, si vous voulez, mais moi, j'ai ma petite idée. Il y a beaucoup de choses que toutes nos lois de probabilité et de hasard ne savent pas expliquer. Il y a beaucoup de forces étranges à l'œuvre autour de nous qu'on ne peut pas comprendre... Les hommes de ma compagnie s'émerveillaient de la chance que j'avais. Avant de monter à l'assaut, beaucoup me touchaient le front dans l'espoir d'en avoir eux aussi, mais quoi qu'il en soit de la puissance qui veillait sur moi, elle n'a jamais agi pour un autre.

Soldat Sidney Borgstead

Quand le capitaine Matlock a vu dans mon livret militaire que j'avais été *couturier*, il a décidé, avec ce don qu'il a de faire exactement ce qu'il ne faut pas, de me transférer à la cuistance comme cuisinier. Il était pour lui parfaitement logique qu'un homme dont les mains avaient travaillé la soie de mousselines et de somptueux taffetas soit tout aussi habile dans le domaine des carcasses de bœuf et des patates déshydratées.

Au début, j'ai essayé de préparer des rations aussi alléchantes que possible, mais j'ai vite compris que personne ne se préoccupait de la façon dont la nourriture était cuisinée. Non, tout ce qui les intéressait, c'était la quantité, et littéralement des heures avant que le repas soit prêt, les hommes étaient déjà en file à attendre, affamés, et à observer chacun de mes gestes. Vous pensez bien que ça me mettait dans tous mes états et que j'étais irritable ! Mais le pire moment, c'était celui de la distribution ; quand ils regardaient leur gamelle, les hommes se mettaient à grogner : pas à cause de la qualité, oh, non (ça, j'aurais pu le comprendre et l'accepter !), mais simplement parce que, dans leur gamelle, il n'y en avait pas plus. (Dieu m'est témoin que je ne pouvais pas préparer davantage de nourriture que ne m'en fournissait le quartier général : je ne suis pas magicien, quand même !) Et ils vous engloutissaient ça comme des pourceaux, avant d'aller se remettre en ligne en espérant être resservis.

Un jour, à Courcelles, je préparais un ragoût dans une marmite en acier galvanisé, il restait encore une heure avant

le dîner, mais quand j'ai levé les yeux, j'ai vu une file qui se formait déjà. J'ai eu une petite montée d'hystérie, je crois. J'ai eu envie de leur dire : "Ne vous inquiétez pas, mes petits gorets, maman truie aura bientôt fini de faire le dîner !"
Sur une étagère de la cuisine étaient rangés des médicaments et des baumes que Mike Olmstead, le sergent chargé de la cantine, transporte avec lui en cas d'urgence. Une idée m'est venue tout à coup, j'en ai pouffé. J'ai soulevé le couvercle de la marmite et j'ai tout versé dedans.

Une fois couché ce soir-là, j'ai pensé : Bon, de toute façon, il n'y aura personne au petit déjeuner et ça, ce sera un soulagement ! Mais quand la sentinelle m'a réveillé le lendemain matin, à 5 heures, le premier bruit que j'ai entendu, c'était quelqu'un en train de racler sa gamelle sale avec sa cuillère. Ensuite j'ai entendu des hommes qui accouraient en toussant et qui se bousculaient pour prendre place dans la file. Quand je suis arrivé dans la cuisine pour allumer mes feux, la file faisait une centaine de mètres. S'il manquait quelqu'un, impossible de le voir à l'œil nu.

J'ai fait demi-tour et j'ai déguerpi. Je ne savais pas où j'allais, mais je savais que je devais fuir. Au moment de passer la porte, je suis rentré dans le sergent Olmstead. Il a vu que j'étais dans tous mes états et très contrarié. Je frappais sa poitrine de mes poings en criant : "Laissez-moi passer ! Le capitaine Matlock peut se trouver un autre cuisinier, moi, c'est fini. Ils peuvent m'envoyer en prison, ils peuvent me fusiller, s'ils veulent, mais moi, c'est fini, et c'est fini pour de bon !"

Le sergent Olmstead – c'est un chic type, vraiment, mais il n'est pas bien fin – m'a passé le bras autour de l'épaule et tapoté le dos.

— Allez, cuistot, tu vas pas te mettre la rate au court-bouillon, il m'a dit pour m'apaiser.

— Laissez-moi passer ! j'ai répété fermement.

— Tu me lâcherais pas comme ça, hein, dis-moi ? il m'a demandé.

— Si, j'ai répondu.

Il n'a pas essayé de me retenir davantage.
— Bon, mais avant que tu t'en ailles, j'aimerais bien que tu refasses des chaussons aux pommes comme t'avais fait une fois. J'ai jamais rien mangé d'aussi bon.
Je l'ai regardé, incrédule.
— Vous les avez trouvés meilleurs que les tartes aux pêches que je vous avais faites à Saint-Aignan ?
Olmstead a bien réfléchi et puis il a décidé d'être diplomate.
— C'est sacrément difficile de choisir, les deux étaient un tel régal, il a dit.
Je suis resté là, hésitant, et le sergent Olmstead a profité de son avantage.
— Comment est-ce qu'ils s'en sortiraient, les gars, si t'étais pas là pour les bichonner quand ils reviennent des tranchées ? il a demandé.
J'ai eu un petit rire moqueur.
— Mais ils seraient ravis ! je me suis exclamé. Ils détestent tous ma cuisine.
Le sergent Olmstead a secoué la tête d'un air sérieux.
— Ah, non, faut pas croire ça du tout, il a dit, tu te gourerais vraiment si tu pensais ça.
Et puis il a continué :
— J'ai entendu des gars à nous, au café, qui se vantaient qu'on les nourrissait mieux que dans toutes les autres compagnies du régiment. Ils disaient qu'ils étaient fin désolés pour les autres.
— Vous me dites vraiment la vérité ? j'ai demandé.
— La vérité vraie, je te jure.
Et parce que je suis un pauvre c... qui a une tête sans cervelle, je l'ai laissé abuser de mon côté bonne pâte, et je suis retourné à la cuisine où je me suis remis à préparer le petit déjeuner.

Soldat Allan Methot

Ma poésie commençait à attirer l'attention quand je me suis engagé, convaincu de la beauté de la guerre par celle de mes propres sonnets. Ensuite, des mois d'instruction, de labeur et de souffrance. Mais j'aurais pu endurer l'humiliation et les heures répétées d'absurde besogne. Je m'y suis habitué à la longue et je savais m'en détacher. C'était l'isolement spirituel, l'insupportable. À qui pouvais-je parler? Qui pouvait me comprendre? Il n'y avait personne... Absolument personne.

Ce sentiment de singularité, d'être seul! Il se refermait sur moi de plus en plus. Je regardais mes camarades, leurs visages inexpressifs de moutons. Ils n'attendaient rien d'autre de la vie que le repas et le repos, ou une nuit d'ivresse dans une maison de passe. Un sentiment de dégoût m'envahissait. Êtres abrutis et indifférents, insensibles à la beauté...

Et ces nuits de garde avec Danny O'Leary, ses yeux désertés par l'intelligence. Il restait là à me dévisager d'un air stupide, ses épais sourcils froncés, ses grosses lèvres pendantes comme celles d'un idiot. J'ai essayé de lui parler, mais c'était sans espoir. Il baissait les yeux, comme s'il avait eu honte de moi, et fixait le caillebotis en ne sachant pas quoi faire de son fusil... "Je me demande si cette fois on va nous payer, quand on sera de retour à l'arrière", il disait.

J'éclatais de rire. Je marchais jusqu'au bout de la tranchée et contemplais une fusée vers le nord qui se consumait dans une lumière verte. Ce sentiment d'isolement! Ce sentiment d'être seul parmi des étrangers! J'ai enjambé la crête de la tranchée et je me suis dirigé vers les lignes allemandes. Je marchais lentement, regardant les fusées et murmurant les vers de mes poèmes, m'arrêtant puis repartant de l'avant. Bientôt une main surgira et brusquement elle m'arrachera du sol, je pensais, et alors je serai étendu au sol, corps brisé contre cette terre brisée... Bientôt un pied, qui aura la forme de l'infini, viendra se poser sur mon crâne frêle et l'écrasera !

Soldat Danny O'Leary

Je voudrais que tu puisses me voir, maintenant, Allan Methot : je voudrais que tu puisses voir ce que tu as créé ! Car oui, tu m'as créé, bien plus complètement que le docker ivrogne dont la semence m'a un jour engendré. J'étais tellement fruste, tellement bête ; et puis tu es venu. Comment savais-tu ? Comment as-tu pu voir, au travers de toutes les couches, l'infime étincelle qui était cachée en moi ?... Te rappelles-tu nos nuits de garde où tu récitais Shelley et Wordsworth ? Ta voix scandant les vers était la chose la plus belle que j'aie jamais entendue. Je voulais te parler, te dire que je comprenais, te faire savoir que ta foi en moi ne serait pas vaine, mais je n'osais pas. Il m'était impossible de te considérer comme un être humain semblable à moi, ou aux autres hommes de la compagnie... Je te considérais comme une personne tellement supérieure à nous qu'en ta présence je restais muet, et je souhaitais qu'un Allemand saute dans la tranchée dans le but de te tuer pour me permettre d'interposer mon corps entre toi et la balle... Je restais là à ne pas savoir quoi faire de mon fusil, espérant que tu continuerais à jamais de dire ces vers magnifiques... J'apprendrai à lire ! je me disais. Quand la guerre sera finie, j'apprendrai à lire !...
   Où es-tu maintenant, Allan ? Je veux que tu me voies. Ton amitié n'a pas été vaine ; ta foi s'est justifiée... Où es-tu, noble cœur ?... Pourquoi ne me réponds-tu pas ?

Soldat Jeremiah Easton

Une fois notre position prise, le capitaine Matlock m'a renvoyé au carrefour à un kilomètre à l'arrière pour guider le convoi de ravitaillement qui suivait. Partout dans les bois il y avait des batteries d'artillerie et tout le long de la ligne de front des troupes qui remontaient. Ça va être quelque chose d'énorme, j'ai pensé. Ça sera pas un petit coup de main dans une tranchée cette fois-ci ! Et puis vers la fin du jour les avions allemands ont surgi, ils se sont mis à bombarder les routes et le bois. Ils fondaient brusquement sur le sol, ils ouvraient le tir à la mitrailleuse et ils repartaient aussitôt, de nouveau hors de portée. À 9 heures du soir, il faisait nuit noire, à 10 il a commencé à pleuvoir. La pluie tombait à torrents, un vent froid la faisait tourbillonner, mais les hommes continuaient d'arriver, des milliers et des milliers d'hommes en marche. Pendant les accalmies, je les voyais distinctement, la tête baissée sous la pluie aveuglante, qui progressaient à pas lents sur les routes et à travers les bois et disparaissaient ensuite comme des serpents géants dans les boyaux d'accès d'où ils se déversaient en première ligne… Ça va vraiment être quelque chose d'énorme, je me répétais. Pas une petite attaque de rien du tout cette fois-ci.

Et puis vers le matin la pluie s'est arrêtée et les premiers canons ont ouvert le feu. D'un coup, mille canons tiraient, un demi-cercle de tonnerre et d'éclairs, et mille obus fendaient l'air pour aller exploser dans les lignes allemandes. Le barrage a duré trois heures et puis, juste au moment où le jour commençait à se lever, il a cessé. D'où j'étais, j'ai pu voir nos hommes enjamber les parapets, la lumière de l'aube brillait dans les baïonnettes fixées à leurs fusils. Mais ils n'avaient plus grand-chose à faire, car il ne restait rien des tranchées allemandes ou du terrain tout autour : pas un arbre, pas un brin d'herbe. Rien de vivant. Rien du tout. Les morts gisaient en tas dans les tranchées, des amas étranges de corps emmêlés... Il ne reste rien de vivant, j'ai pensé, absolument rien !

Alors, d'une casemate démolie, un homme est sorti à quatre pattes dans les décombres. Sa mâchoire avait été en partie emportée et elle pendait, mais quand il nous a vus il a tenu l'os décroché dans sa main et il a émis un son qui exprimait la peur et la soumission.

Soldat William Mulcahey

On rampait en direction du nid de mitrailleuses, chacun une grenade à la main, prêt à la lancer, on avançait lentement, on embrassait la terre, on essayait de ne pas agiter l'herbe haute et drue. Et puis les Allemands nous ont vus et ils ont ouvert le feu en poussant des hurlements d'excitation. On a bondi sur nos pieds, jeté nos grenades et couru vers eux en tirant avec nos fusils, nos baïonnettes ajustées pour le combat... Et là quelque chose m'a frappé de plein fouet et je suis retombé dans l'herbe. Ça s'est mis à canarder à tout-va d'un bout à l'autre de la ligne. Il y a eu des jurons et des cris et puis quelques minutes plus tard tout était redevenu silencieux, sauf Pete Stafford qui se traînait sur les coudes jusqu'à notre ligne sans cesser de répéter : "Ma jambe, elle est cassée ! Ma jambe, elle est cassée !..."
J'ai redressé la tête pour essayer de parler à Pete mais à ce moment-là le sol s'est soulevé et il a commencé à tourner comme une roulette de casino. J'étais de nouveau allongé dans l'herbe. Jamais je ne saurai comment la guerre va finir, j'ai pensé. Jamais je ne saurai, maintenant, si c'est les Allemands qui vont gagner ou pas.

Sergent Julius Pelton

L'après-midi du quatrième jour, on a reculé jusqu'à la lisière du bois pour se retrancher, et le 1er bataillon est passé au-dessus de nos têtes pour continuer l'attaque. Devant nous s'étendait un champ de blé avec une ferme démolie, et plus loin le bois recommençait. Ce bois-là ne paraissait pas avoir été touché ou abîmé, mais celui où on était repliés était semé d'arbres renversés et de branches cassées encore vertes. Sur notre gauche se trouvait une carrière de cailloux abandonnée depuis longtemps, avec une seule ouverture étroite ; et après la carrière, il y avait un ravin qui courait tout droit sur une centaine de mètres avant de s'arrêter net contre un talus d'argile.

De l'endroit où j'étais, je voyais la carrière et Johnny Citron, de garde à l'entrée pour surveiller les vingt-deux prisonniers qu'on avait faits ce jour-là. Et puis le capitaine Matlock est venu vers moi.

— Qu'est-ce qu'on va en faire, sergent ? il m'a demandé.

— Je sais pas, mon capitaine.

— Le plus facile, ce serait de braquer une mitrailleuse sur la carrière, il a ajouté. Ça serait la solution la plus simple.

— Oui, mon capitaine, j'ai répondu, et j'ai éclaté de rire parce que je le prenais pas au sérieux.

— Non, il a dit après une minute de réflexion. L'entrée est trop étroite et les parois sont renfoncées, ça compliquerait trop les choses pour les mitrailleurs...

C'est là que j'ai pigé qu'il plaisantait pas.

— Il vaut mieux qu'on les emmène dans le ravin et qu'on le fasse là, il a conclu...

J'écoutais ce qu'il disait en la bouclant, mais pendant qu'il parlait j'arrêtais pas de penser : Je suis dans l'armée depuis tout gamin, j'avais dix-huit balais. J'en ai vu des trucs qui retourneraient l'estomac à un gars normal. Alors je devrais pas faire la fine bouche sur ce coup-là... Mais là, c'est vraiment dégueulasse ! Un truc dégueulasse comme ça, jamais j'en ai entendu parler !
Quand le capitaine Matlock s'est tu, je l'ai salué.
— Bien mon capitaine, j'ai dit.
— Vous feriez bien de désigner le caporal Foster et son escouade de mitrailleurs. À mon avis, Foster est l'homme de la situation.
— Oui, mon capitaine, j'ai répondu. Oui, mon capitaine, à mon avis aussi.
— Dites à Foster qu'il ferait bien d'avoir fini avant la nuit.
— Bien mon capitaine, j'ai dit.
Plus tard, alors que je parlais avec à Foster, j'eus honte... Bon Dieu, ce que c'est dégueulasse ! je pensais... Bon Dieu, un truc aussi dégueulasse, j'ai jamais entendu ça !... Et puis je me suis rappelé ce que mon sergent instructeur m'avait dit du temps où j'étais au camp d'entraînement, il y avait vingt ans de ça. "Les soldats sont pas censés réfléchir, il avait dit. Le principe, c'est que, s'ils pouvaient réfléchir, ils seraient pas soldats. Les soldats sont censés obéir, et laisser leurs supérieurs se charger de réfléchir."
Bon, j'ai pensé, alors c'est pas mes oignons. Mes oignons, c'est transmettre les consignes. Et c'est là que je suis allé trouver Foster et que je lui ai répété les ordres du capitaine Matlock.

Caporal Clarence Foster

— C'est une veille ruse, j'ai dit. Je me souviens, j'ai lu ça dans les journaux, chez nous, avant de m'engager : les Allemands envoient par légions des hommes qui viennent se rendre, et au bout d'un moment, les prisonniers sont plus nombreux à l'arrière que les soldats. Là, les Allemands lancent une attaque, et c'est un signal aux prisonniers pour qu'ils prennent la main sur leurs gardiens et qu'ils remontent vers le front. C'est une vieille combine ! que j'ai dit, et en général, ça marche. Ces Prussiens sont des petits futés, faut jamais oublier ça ! Cette ruse, ils l'ont servie et resservie aux Français des tas de fois... Ça m'étonne que vous en ayez jamais entendu parler, sergent.

— J'en ai entendu des conneries dans ma vie, il a dit.

— Ce tuyau-là, c'est sûr et certain, j'ai dit. Vrai de vrai, je l'ai vu imprimé dans les journaux.

— Tu crois toutes les foutaises que tu lis dans les journaux ? le sergent Pelton m'a demandé.

— Ça, en tout cas, moi j'y crois ! j'ai répondu. Un Allemand, c'est capable de n'importe quelle saloperie.

Le sergent Pelton a éclaté de rire.

— Le capitaine Matlock a dit que t'étais l'homme de la situation.

— Je prends la confiance qu'il me fait comme un compliment, j'ai répondu... Bon sang de Dieu ! Mais c'est la guerre, là !... Vous pensiez que c'était quoi ? Un pique-nique pour des enfants de chœur ? Regardez voir les Allemands. Ils brûlent les églises et ils explosent la cervelle de bébés innocents.

Il faut combattre le feu par le feu, que j'ai dit. C'est la seule façon de traiter un Allemand, il comprend pas autre chose...
Le sergent Pelton est parti.
— Bien. Tenez-vous prêts pour dans une demi-heure, il a dit. Qu'on en finisse vite.
Alors je suis retourné à la tranchée où se trouvait mon escouade et je leur ai transmis les ordres du capitaine Matlock. Je voyais bien que pas mal de gens, qui comprendraient pas la nécessité de cet acte, condamneraient le capitaine Matlock parce qu'il exécutait des prisonniers, mais vu les circonstances il y avait pas d'autre façon de s'en sortir. Je m'attendais à ce qu'il y ait de la résistance du côté de Walt Drury et de ce vieil emmerdeur, Bill Nugent, et je l'ai eue.
— Je veux rien savoir, j'ai dit. Si ce qui a été décidé vous convient pas, allez vous plaindre au capitaine Matlock!
— Il oserait pas faire un truc pareil, Nugent répétait, pas une saloperie pareille...
— Vous croyez que c'est quoi ce qui se passe, là, mes gaillards? j'ai demandé. C'est la guerre!... Vous auriez dû apporter vos poupées et votre dînette tant qu'à faire!...

Soldat Walter Drury

Le caporal Foster nous a dit de charger nos fusils et d'aller à la carrière de cailloux. Là-bas, il y avait des prisonniers et le capitaine Matlock nous avait ordonné de les emmener dans le ravin pour les fusiller...
— Je le ferai pas ! j'ai dit. Je peux peut-être tuer un homme pour me défendre, mais tirer sur un être humain de sang-froid... ça, non ! Je le ferai pas !
— Tu vas faire ce que le capitaine dit ou t'auras droit au conseil de guerre. Et quand ils t'auront attaché au poteau, ils te tireront dessus pareil. C'est peut-être ce que tu veux !
— Je le ferai pas ! j'ai répété.
— D'accord, a répondu le caporal Foster. C'est toi qui vois, mais tu pourras pas dire que je t'aurais pas prévenu.
Alors on a pris nos fusils et on est allés à la carrière. Il y avait environ une vingtaine de prisonniers, pour la plupart des gamins qui avaient sur les joues un duvet blond tout fin. Ils étaient au centre, blottis les uns contre les autres, les yeux qui bougeaient nerveusement dans tous les sens, ils se parlaient à voix basse sur un ton apeuré, le cou incliné vers l'avant, trop frêle, on aurait dit, pour supporter le poids de leur casque. Ils avaient l'air malades et affamés. Leurs uniformes étaient râpés, déchirés, crottés de boue, leurs orteils nus sortaient des trous percés dans leurs brodequins. Certains, déjà blessés et affaiblis à cause du sang qu'ils avaient perdu, arrivaient à peine à se tenir debout tous seuls et chancelaient d'avant en arrière.
Et puis tout à coup ce sont mes genoux à moi qui ont faibli.
— Non, j'ai dit, non. Je ferai pas ça...

Le caporal Foster alignait les prisonniers sur une seule rangée, il hurlait et jurait, il gesticulait... Pourquoi je refuse pas de faire ça ? je pensais. Pourquoi on refuse pas tous ? Si on est assez nombreux à refuser, qu'est-ce qu'ils pourront faire ?... Et là, j'ai vu clairement la vérité : On est aussi des prisonniers, nous sommes tous prisonniers...
— Non ! j'ai dit. Je ne le ferai pas !
Alors j'ai jeté mon fusil, je me suis retourné et je suis parti en courant à travers les bois aussi vite que je pouvais sans trébucher. J'ai entendu le caporal Foster qui me criait de revenir ; j'ai entendu Dick Mundy et Bill Nugent qui m'appelaient, mais j'ai continué de courir sans m'arrêter, j'allais d'arbre en arbre, je tombais dans des trous d'obus, je m'y terrais en tremblant, je repartais. J'ai fini par arriver à une vieille grange, où je me suis caché derrière un tas d'ordures et j'ai essayé de réfléchir à ce que j'avais fait. Je n'avais pas d'amis pour me couvrir. Je ne savais pas parler français. Je n'avais aucune chance. Tôt ou tard, j'allais me faire ramasser par la police militaire et je serais jugé pour désertion. C'était inévitable, je le savais... Je ferais aussi bien de me rendre, qu'on en finisse là, j'ai décidé. Je m'en tirerai peut-être avec vingt ans. Vingt ans, c'est pas si long, j'ai pensé. J'aurai seulement quarante-deux ans quand je sortirai, je pourrai commencer une nouvelle vie...

Soldat Charles Gordon

Une fois que les prisonniers ont été alignés et qu'on a commencé à les sortir de la carrière, Walt Drury a fait un drôle de bruit, il a jeté son fusil et il est parti en courant dans les bois...
— Walt! j'ai crié. Walt!
— Laisse-le courir, a dit le caporal Foster. Il aura bientôt son compte.
Les prisonniers sortaient de la carrière, impassibles, la tête baissée, ils ne regardaient ni à droite, ni à gauche. Le bois avait été nettoyé par les feux d'artillerie, mais récemment, et les feuilles restées attachées aux arbres déchiquetés et aux branches disloquées étaient encore vertes. Par endroits, le tronc des arbres avait été criblé de shrapnels, laissant des bandes d'écorce rongées et ramollies pendre dans le vent, laissant la peau un peu blanche des arbres à nu et la sève les quitter lentement...
— Allez, disait Foster. Allez. On va pas attendre la nuit non plus.
On s'est frayé un chemin dans le bois dévasté, on écartait les branches qui barraient le passage, avec nos brodequins on soulevait le tapis vert que le déluge de feuilles avait formé par terre. Quand on a atteint l'entrée du ravin, les prisonniers, effrayés, ont eu un mouvement de recul et ils se sont mis à parler entre eux avec affolement, et puis, jetant derrière eux des regards pleins d'appréhension, un à un ils sont entrés et sont allés se blottir contre le talus du fond.
Un des prisonniers avait les yeux très bleus et ne paraissait pas du tout effrayé. Il a commencé à s'adresser à ses camarades

en souriant et en secouant la tête. Je ne comprenais pas ce qu'il disait, mais j'avais dans l'idée qu'il leur expliquait qu'ils ne devaient pas s'inquiéter, qu'ils n'avaient rien à craindre... Ces hommes portent un uniforme différent et ils parlent une autre langue, mais ils sont faits de la même chair et du même sang que nous, je l'imaginais leur dire. Nous n'avons rien à craindre. Ils ne vont pas nous faire de mal.

Tout à coup, l'homme aux yeux bleus m'a regardé et m'a souri, et avant que je me rende compte de ce que je faisais, je lui souriais moi aussi. Et puis le sergent Pelton a donné le signal et les fusils se sont mis à crépiter et à arroser le talus d'un bord à l'autre. J'ai visé l'homme aux yeux bleus. Je ne sais pas pourquoi, je voulais qu'il soit tué sur-le-champ. Il s'est plié en deux en se tenant le ventre des deux mains et il a fait "Oh!... Oh!", on aurait dit un gamin qui avait mangé des prunes pas mûres. Et puis il a levé les mains en l'air, et j'ai vu que presque tous ses doigts étaient partis, le sang gouttait comme l'eau d'un robinet qui fuit. "Oh!... Oh!" il n'arrêtait pas de dire d'une voix ébahie... "Oh! Oh! Oh!" Et puis il a tourné sur lui-même trois fois avant de s'écrouler en arrière, la tête plus bas que les pieds, le sang qui coulait de son ventre à travers sa tunique crottée avec l'obstination d'une marée et qui lui maculait la gorge et la figure. Deux fois encore, il a brusquement levé les mains en l'air, et deux fois il a refait le même son doux et interloqué. Et puis ses mains et ses paupières ont cessé de s'agiter.

J'ai continué d'arroser le talus d'un bord à l'autre, selon les consignes... Tout ce en quoi on m'a appris à croire sur la miséricorde, la justice et la vertu est un mensonge, je me disais... Mais le plus gros mensonge de tous, c'est la phrase "Dieu est amour". C'est vraiment le mensonge le plus terrible que l'homme ait jamais conçu.

Soldat Roger Inabinett

Q<small>UAND</small> le dernier prisonnier a cessé d'agiter les pieds, mon escouade est sortie du ravin pour regagner sa tranchée. Je me suis mis derrière un arbre abattu et ils ont continué sans remarquer que je suivais pas. Pendant un temps, je les ai entendus marcher dans le bois, brasser les feuilles avec leurs pieds, mais au bout d'un moment tout est redevenu silencieux. Alors je suis retourné au ravin pour fouiller les poches des morts, mais ça valait à peine le coup. La plupart avaient des marks-papier et quelques pièces en métal avec un trou carré au milieu. Les pièces, je les ai mises dans ma poche. Il se pouvait qu'elles aient de la valeur : j'en savais rien. Il y avait aussi plein de lettres et de photographies que j'ai déchirées et jetées en tas. Certains portaient la chevalière de leur régiment au doigt et j'ai récupéré les bagues – elles se vendent trois ou quatre francs pièce – et puis sur un des bonshommes il y avait un beau briquet gravé à la main en forme de gourde, mais pas grand-chose d'autre à part ça.
   Ce que je cherchais vraiment, c'était des croix de fer. Elles valent vraiment du pognon au service du matériel. Ça fait un beau souvenir et les gars en achètent pour les envoyer à leur fiancée. Des fois, ça rapporte jusqu'à cent cinquante francs la médaille. Les Boches la portent en général épinglée à leur tricot de peau, sous la tunique, où elle se voit pas. J'ai bien vérifié sur chaque bonhomme, mais s'il y avait une seule décoration chez ces prisonniers, je l'ai pas trouvée.
   J'avais presque fini quand j'ai levé la tête et que j'ai vu le sergent Pelton qui me regardait bien fixement, sans bouger les yeux.

— Je cherche des Croix de fer, j'ai dit.
Là, il m'a attrapé par le colback et il m'a mis debout.
— Repose ce que t'as pris, il a dit.
— Ça rimerait à quoi, sergent ? j'ai demandé. On y a plus droit que les autres. Si on le ramasse pas nous, ça sera d'autres qui le feront.
Là j'ai sorti le briquet et je lui ai tendu.
— Tenez, vous pouvez le prendre si vous le voulez, j'ai dit.
Un moment, j'ai cru qu'il allait me frapper, mais il s'est ravisé. Il m'a lâché tout à coup, et puis il est parti.
— Rejoins ton escouade, il a dit.
— D'accord, j'ai répondu, si c'est ça que vous voulez, moi ça me va. Mais faut pas vous énerver pour ça.
— Rejoins ton escouade ! il a répété.

Soldat Richard Mundy

J'ai décidé de démonter mon fusil pour le nettoyer complètement. Je ne voulais plus penser aux prisonniers, mais, assis dans la tranchée peu profonde avec mon escouade, les pièces de mon fusil étalées autour de moi, je ne pouvais pas m'en empêcher. Le caporal Foster ouvrait des boîtes de singe à la baïonnette et Roger Inabinett partageait la viande et le biscuit en huit portions égales.

Charlie Gordon a sorti son harmonica et commencé à jouer un air entraînant, mais Everett Qualls l'a arrêté. Et puis Foster a fait passer les rations et chaque homme a pris sa part. Quand il a vu la popote, Bill Nugent a pris mal au cœur. Il est allé vomir au bout de la tranchée. À son retour, il était blême. Jimmy Wade avait une gourde d'eau-de-vie qu'il lui a passée et Bill en a avalé une bonne lampée, mais il s'est aussitôt relevé pour retourner vomir. Après ça, il s'est étendu de tout son long, il tremblait.

— Qu'est-ce qui va pas, Bill ? a demandé Foster.

— Rien, Bill a répondu.

— Cette ruse, ils l'ont servie aux Français des centaines de fois, et ils s'en sont tirés en plus ! a dit Foster. Ils sont futés, les Allemands. Faut les avoir à l'œil tout le temps.

Devant nous, dans le champ de blé, les rayons du soleil du soir rasaient les épis piétinés, mais sous les arbres c'était presque déjà la nuit. Inabinett jouait avec un briquet qu'il avait trouvé dans le bois. Il le tripotait sans arrêt, ça faisait un petit bruit sec.

— Tout ce qui manque, c'est une nouvelle pierre, il disait. Avec une nouvelle pierre, il sera comme neuf.

J'ai remonté mon fusil, astiqué la crosse à l'huile. Je voyais constamment les prisonniers qui tombaient, se redressaient sur leurs genoux, retombaient encore. J'ai marché jusqu'au bout de la tranchée et regardé par-dessus le parapet. Au loin on entendait le feu des fusils et à l'ouest des bombardements intermittents, mais là, dans le bois, tout était calme et paisible. On ne dirait même pas qu'on est à la guerre, j'ai pensé.

Et puis j'ai eu l'envie irrésistible d'aller au ravin revoir les prisonniers. J'ai escaladé la tranchée rapidement, avant que personne sache ce que je voulais faire...

Les prisonniers gisaient là où on les avait laissés, la plupart face vers le ciel, leurs corps tordus et emmêlés de façon grotesque comme des asticots dans une boîte, leurs poches retournées et vidées, leurs tuniques déboutonnées et grandes ouvertes. Je suis resté un moment à les regarder en silence, sans éprouver la moindre émotion. Et puis la branche d'un arbre qui poussait sur le bord du ravin s'est courbée et détachée, un cône de lumière du soleil couchant a filtré à travers les arbres et a éclairé le visage des morts... Dans les profondeurs du bois, un oiseau a lancé une note effrayée et s'est aussitôt interrompu, il s'était brusquement rappelé. Un sentiment étrange que je ne comprenais pas m'a envahi. Je suis tombé à terre et j'ai appuyé ma figure contre les feuilles qui couvraient le sol...

— Je ne ferai plus jamais de mal jusqu'à la fin de ma vie, j'ai dit... Plus jamais, jusqu'à la fin de ma vie... Plus jamais!... Plus jamais!... Plus jamais!...

Soldat Howard Nettleton

— Je veux plus rien entendre, a dit le sergent Dunning. Le capitaine Matlock a donné l'ordre que tout le monde aille à l'église, et de son plein gré encore, sauf ceux qui sont de corvée de réparation des routes, et nom de Dieu! si vous êtes pas complètement idiots, vous allez vous exécuter! Et vous imaginez surtout pas que vous pourriez y couper ni vu ni connu, parce que Pig Iron Riggin y sera avec un tableau d'effectifs pour vérifier que vous êtes bien tous là.

Bon, la partie de vingt et un était foutue.

— Le gars de repos à l'arrière, ils auraient pas l'idée de le laisser tranquille le dimanche matin, non? Archie Lemon a dit. Ils auraient pas l'idée que ça serait peut-être la moindre des choses, non?

— Allez, on y va, qu'on soit débarrassés, a dit Vester Wendell. Une fois de plus ou de moins, ça fera de mal à personne.

Là, Bob Nalls a pris la parole:

— S'il faut que j'écoute encore une fois cet aumônier demander à Dieu qu'il épargne tous les Galaad américains et qu'il anéantisse leurs ennemis impies, je vais me lever et lui dire: "Comment tu le sais? D'où tu tiens tous ces tuyaux?..." S'il refait le coup, je vais lui demander s'il sait pas que les Allemands eux aussi ils prient. "On va essayer d'être un peu logique, là, que je vais lui dire. On va se choisir des dieux différents pour pouvoir prier chacun le sien. C'est idiot, non, que des deux côtés, on prie le même!..."

— Allez! Allez! le sergent Dunning a crié. Ce que vous pouvez me faire suer, les gars. Personne va rien dire du tout : tout le monde va obéir aux ordres bien gentiment, et vous allez prier et chanter les psaumes, et de votre plein gré encore! Allez, il a répété, on est partis.

Soldat Harland Perry

Cette histoire, c'est Charlie Cantwell, un gars du 15ᵉ régiment d'artillerie de campagne, qui me l'a racontée. Apparemment, il avait été gazé et il avait des bandages sur les yeux quand l'homme allongé à côté de lui lui a touché le bras et l'a réveillé. Sur le moment, il a pensé que ça devait être dans les 3 heures du matin, mais il en était pas certain.

Ensuite, d'après ce que Charlie m'a raconté, son voisin lui a dit qu'il allait mourir. Charlie pouvait pas le voir, bien sûr, à cause de ses bandages, mais il avait comme l'impression que le type devait avoir dans les vingt-cinq ans, et puis des yeux marron, des cheveux noirs frisés et une fossette au menton. Charlie s'est moqué de lui quand le type lui a dit qu'il allait mourir, mais le gars a insisté. Et puis il a demandé à Charlie si, lui, il pensait qu'il allait se remettre d'aplomb, et Charlie a répondu que oui, ça faisait aucun doute. Alors le gars a passé la main sous son oreiller (je sais pas comment Charlie pouvait savoir tout ça s'il avait des pansements sur les yeux comme il a dit) et il en a sorti une liasse de billets qui aurait pu étouffer une vache. "Tiens, il y a dix mille francs, le type a dit. Vas-y, prends-toi du bon temps avec ça." Charlie a attrapé l'argent et l'a glissé sous son matelas. "Flambe-le, le type a dit. Dépense tout ce que tu peux avec des femmes." Charlie a promis qu'il le ferait et, vers le matin, le gars est mort...

Bon, c'est comme ça que Charlie m'a raconté l'histoire et, personnellement, j'en ai rien à foutre de savoir si vous y croyez ou pas ! Rien à carrer du tout. Moi, tout ce que je sais, c'est ce que Charlie m'a raconté, et que les dix mille francs, il les avait, et qu'une fois qu'on a été d'aplomb et qu'on a pu aller en perme en ville, le fric, on l'a flambé en grand.

Soldat Albert Nallett

Avant d'être envoyée en France, l'unité était en garnison sous les tropiques et c'est là qu'ils ont dégoté Tommy, la mascotte de la compagnie. Je sais pas exactement ce que c'était comme bestiole, mais le plus approchant, ça serait le raton laveur. D'après le sergent Halligan, au Honduras, ils appelaient ça des grands fourmiliers. Moi, je pourrais pas dire, mais ce que je sais, c'est que Tommy avait plus de jugeote que le capitaine Matlock et tous ses officiers réunis. On était tous à dormir dans un abri quand une sentinelle reniflait l'air, s'affolait et donnait l'alerte au gaz. Alors tout le monde enfilait son masque et on restait assis à attendre jusqu'à la migraine à cause du masque qui serrait trop. J'ai fini par piger que Tommy continuait de dormir tranquillement en boule pendant que tout l'abri s'affolait si c'était une fausse alerte, mais que quand il y avait vraiment du gaz, il avait pas besoin d'être averti par une sentinelle : il allait se creuser un trou pour enfouir son museau sous la terre. Une fois que j'ai compris ça, j'ai plus jamais fait attention aux alertes que Tommy confirmait pas. Et je me suis jamais fait gazer non plus.

Tommy adorait le lait concentré et Mike Olmstead, le sergent chargé de la cantine, lui en donnait. Une fois, après Saint-Mihiel, la roulante n'a pas retrouvé la compagnie pendant deux jours. Le capitaine Matlock a envoyé une dizaine d'estafettes pour essayer de la localiser, mais aucune n'y est arrivée. Alors j'ai détaché Tommy et je lui ai dit : "Tommy, écoute ! Va chercher Mike ! Lait concentré !... Va voir Mike, t'auras du lait concentré !" Tommy a sauté de mon épaule et filé à travers bois, droit devant, la queue qui frétillait d'excitation. Cette fois-là, j'ai bien cru qu'il se trompait, mais je l'ai quand même suivi, et en un quart d'heure, il avait localisé la roulante et il grimpait sur la jambe de Mike pour frotter son museau contre sa joue. Mike nous avait en fait dépassés dans la nuit sur la route avec sa cuistance, et il se trouvait donc à plusieurs kilomètres devant nous, mais le capitaine Matlock n'avait évidemment jamais envoyé d'estafettes dans cette direction. Quand Mike est revenu avec la roulante et qu'il a expliqué où il était, le capitaine Matlock a répondu que c'était impossible. Il a dit que Mike pouvait pas nous avoir dépassés dans la nuit sans que personne l'entende.

J'ai gratté le ventre rempli de lait concentré de Tommy et je lui ai fait un clin d'œil, il a retroussé les babines et s'est frotté le museau, sa façon à lui de se marrer un bon coup.

Soldat Robert Nalls

Après les combats à Saint-Mihiel, on a été cantonnés à Blénod-lès-Toul chez un couple de Français âgés. Ils avaient eu un fils unique, un garçon du nom de René, qui avait été tué au début de la guerre, et ils n'arrêtaient pas de nous trouver des points communs avec lui. J'avais les yeux marron, les yeux de René aussi avaient été marron; René avait eu de longs doigts fins, les doigts de Sam Quillin aussi étaient longs et fins. Ils trouvaient des ressemblances avec René chez chacun d'entre nous: Jerry Blandford parce qu'il avait des dents régulières et blanches, Roger Jones pour ses cheveux épais et frisés, Frank Halligan à cause du tic qu'il avait de fermer les yeux et de renverser la tête en arrière quand il riait. Leur vie tournait autour de leur fils mort. Ils parlaient tout le temps de lui; ils ne pensaient à rien d'autre.

Après sa mort, le gouvernement français leur avait envoyé une petite médaille en cuivre où on voyait en bas-relief le visage héroïque d'une femme entouré d'une couronne de laurier, et sous le visage de la femme les mots: "Tombé au champ d'honneur". Ça n'avait rien d'inhabituel comme décoration. C'était le genre de chose qu'un gouvernement décidait d'envoyer à la famille de tous les hommes tués au combat, mais le vieux couple y attachait une immense importance. Dans un coin de la pièce, ils avaient construit une minuscule étagère pour la médaille et son coffret et, dessous, la vieille dame avait installé un autel où deux bougies brûlaient jour et nuit. Souvent elle s'asseyait devant l'autel et demeurait longtemps en silence, ses mains noueuses et usées posées sur ses genoux.

Et puis elle repartait frotter ses casseroles ou s'en allait dehors voir sa vache.

On est restés à Blénod cinq jours, et un soir on a reçu l'ordre de lever le camp. Entre-temps, le vieux couple était devenu très affectueux avec nous. Ils nous ont accompagnés jusqu'au point de rassemblement, ils voulaient même porter nos fusils et nos sacs. Là, debout au milieu de la route couverte de boue, fouettés par les bourrasques de septembre, ils ont fait le signe de croix en demandant à Dieu de nous ramener tous sains et saufs chez nous.

Quelques semaines plus tard, à des kilomètres de Blénod, j'ai revu la médaille de cuivre : elle est tombée un jour du havresac de Bernie Glass pendant qu'il se rasait. Il l'a vite ramassée, mais il savait que je l'avais vue.

— Comment t'as pu faire ça, Bernie ? je lui ai demandé. Comment t'as pu faire une chose pareille ?

— Ça te regarde pas, Bernie a dit, mais j'ai pensé que ça serait bien à rapporter comme souvenir.

Je ne suis jamais retourné à Blénod, et je n'ai jamais revu ce vieux couple, mais j'aimerais qu'ils puissent savoir que j'ai honte pour l'humanité entière.

Soldat Oswald Pollard

Je vais vous raconter un truc drôle : en septembre, un gars de la 4ᵉ section du nom de Fallon a perdu le ciboulot. En plein tir de barrage, il est monté sur le parapet et il y a plus eu moyen de le faire redescendre. On a essayé de lui parler, de le forcer à revenir, mais il en démordait pas.

— Je veux me faire tirer dessus, il répétait. Je sais très bien ce que je fais. Je veux me faire tirer dessus – je me suicide, vous comprenez !

Alors Pig Iron Riggin a sorti son pistolet et l'a braqué sur la tête de ce gars, Fallon.

— Si t'arrêtes pas de te suicider tout de suite, je te tue aussi certain que deux et deux font quatre ! il a crié.

Aussitôt, Fallon est devenu blême et il s'est mis à pleurnicher. Il a sauté dans la tranchée, il s'est jeté à genoux.

— Non ! il a dit. Me tuez pas, je vous en supplie…

Soldat Martin Passy

Tous les gars se demandaient comment j'arrivais à pas avoir peur. J'ai rien dit, mais au fond de moi je savais que, contrairement à Harold Dresser ou au sergent Tietjen, je méritais pas d'honneurs pour ce que j'avais fait. Au début, je m'étais inquiété de mourir à la guerre, et puis un jour à Baltimore, une fois où j'étais en permission, j'ai vu une plaque sur une porte :

Madame Bonatura
la voyante de l'orient
Elle vous révèle votre passé, votre présent, votre avenir

Je suis entré dans son salon, on a discuté un moment. Et puis elle a baissé les stores et allumé une toute petite lampe qui lui éclairait le visage, et elle a regardé dans une boule de cristal. Ses yeux ont pris une drôle d'expression, elle s'est mise à cligner des paupières. Et puis elle a commencé à parler d'une voix endormie, à me dire le nom de mes deux frères, le numéro de ma compagnie, plein d'autres choses. Au bout d'un moment, elle a eu l'air de s'emballer : sa voix est devenue rauque.

— Posez-moi une question et je vous répondrai, elle a dit.

Bon, j'ai pensé en moi-même, je ferais aussi bien de savoir une fois pour toutes, je me sortirai ça de la tête...

— Posez-moi une question n'importe laquelle, elle a répété.

— Est-ce que vous me direz vraiment la vérité, même si la réponse est terrible ? j'ai demandé.

— Oui, elle a répondu.
— Alors dites-moi si je vais être tué à la guerre.
Mme Bonatura a regardé longtemps dans la boule de cristal avant de me répondre. Je voulais m'écrier : "Non ! Ne me dites pas ! Ne me répondez pas !" mais je m'en suis empêché. Je ferais aussi bien de connaître la vérité maintenant, je pensais dans ma tête. La Madame a fini par parler, j'ai recommencé à respirer.
— Vous ne serez pas tué, ni même blessé, elle a dit. Vous reviendrez vers ceux que vous aimez, vous épouserez la jeune demoiselle que vous aurez choisie, vous vivrez heureux et vous aurez beaucoup d'enfants.
Donc, vous voyez bien que je méritais pas tous les honneurs que j'ai eus. J'ai pas été plus courageux qu'un autre, et en plus j'ai tout le temps su que rien pourrait jamais m'arriver, quoi que je fasse.

Soldat Leo Hastings

Ce jour-là, tout le matin, le tireur isolé allemand m'a canardé. Je sortais la tête ou je marchais à découvert devant la tranchée, et alors j'entendais un petit bruit métallique et une balle me passait au-dessus de la tête sans m'atteindre. À ce moment-là, je me figeais sur place et je restais planté deux bonnes secondes sans bouger, ou alors tout à coup je faisais un pas en arrière et un pas sur le côté. Je marchais comme ça, de long en large sur le parapet, au nez et à la barbe du tireur. Je savais que je l'avais tellement énervé qu'il était à deux doigts de la crise de larmes. Je lui avais tiré dessus au viseur télescopique, moi aussi, et je savais qu'aucun tireur isolé au monde ne peut toucher un homme qui change d'allure comme je faisais à moins d'être capable d'anticiper les déplacements du bonhomme, ce qui est à peu près aussi probable que de faire sauter la banque à Monte-Carlo.

Je vais me planter là et le laisser me tirer dessus au jugé toute la journée, je me suis dit. Il pourra jamais m'avoir. C'est simple, où je suis maintenant, il me tient. Mais attends voir ! Il faut qu'il évalue sa distance de tir, il va certainement se servir de cet arbre mort, là, et de la ferme. Ça y est, il a bien calculé. Il tient compte de la déviation du vent, il estime son élévation. Maintenant, c'est bon, il est prêt à m'envoyer sa ferraille, mais si je fais une enjambée sur la droite, ou un petit pas de danse comme ça, je lui fausse tous ses calculs. Regarde ça, voilà sa balle qui me rate sur la droite, soixante centimètres de trop. Il pourra pas me toucher pour sauver sa peau, je me suis dit.

Soldat Silas Pullman

Juste encore quelques minutes et on monte à l'assaut. J'entends ma montre qui fait tic-tac tic-tac. Ce silence, c'est pire que le pilonnage... Je n'ai encore jamais été sous le feu : je ne sais pas si je pourrai le supporter ou pas. Je pensais pas que ce serait comme ça. Je veux partir en courant. Je suis lâche, faut croire... Les autres n'ont pas peur du tout. Ils sont là, à tenir leur fusil et à raconter des blagues... Peut-être qu'ils ont peur comme moi. Qu'est-ce que j'en sais ? Comment je peux savoir ce qui se passe dans leur tête... Le sergent Mooney me parle :
— Il faut que ta baïonnette soit bien ajustée, il me dit.
Je fais oui du menton. J'ose pas dire un mot... Ah, mon Dieu ! faites que personne voie comme j'ai peur. Faites qu'ils ne voient pas, je vous en supplie !... Je ne vais plus y penser. Je vais penser à autre chose.
Le lieutenant Jewett a donné le signal. Le sergent Mooney enjambe la crête de la tranchée.
— C'est bon, à l'attaque ! il crie.
On grimpe tous par-dessus. On marche lentement, droit devant. Pourquoi les Allemands n'ouvrent pas le feu ? Ils savent qu'on arrive. Ils nous voient. Bon Dieu, tirez ! C'est pas pour rire ! Allez-y : tirez-nous dessus !...
À terre ! À terre ! Ventre à terre, espèce d'imbécile ! Tu veux te faire descendre ? Les Allemands ont ouvert le feu. On est au sol, on rampe ; centimètre par centimètre, on rampe. Ils ont pas encore ajusté leur tir... Les ordres, c'est de ramper jusqu'à cinquante mètres de leurs tranchées et là, on fonce et

on donne l'assaut. Foncer et donner l'assaut. C'est très simple. Donner l'assaut...
 Ils ont ajusté leur tir, maintenant. Le caporal Brockett est touché à l'épaule. Il rampe vers un trou d'obus. Ça y est, il est dedans. Le voilà à l'abri des balles des mitrailleuses... Pourquoi est-ce qu'il arrête pas de se tortiller ? Ça ne va rien arranger. Non, ça va rien arranger du tout...
 Les balles retournent la terre à trente centimètres de ma tête. Baisse-toi ! Colle-toi ras du sol, espèce d'imbécile !... Mart Appleton et Luke Janoff sont touchés, maintenant. Ils sont tombés au même moment presque. Ils sont restés au sol calmement, sans plus bouger ni l'un ni l'autre... Maintenant c'est l'homme à côté de moi qui est touché. C'est qui ?... Il s'appelle Les Yawfitz, je crois. Il se lève et puis il retombe. Il a pris dans la figure. Le sang dégouline sur ses joues, lui rentre dans la bouche. Il fait un bruit comme quelqu'un qui s'étrangle, il rampe partout, on dirait une fourmi. Il ne voit pas où il va. Pourquoi tu restes pas couché bien tranquille... Ça serait le plus raisonnable à faire : tu vois pas où tu vas, tu sais.
 On est près des tranchées... Debout ! Debout ! C'est le moment de foncer et de lancer les grenades. C'est le moment de prendre les tranchées. On se bat à la baïonnette. On est dans les tranchées allemandes. On se bat à la crosse du fusil et au couteau. Il y a des cris, des hommes qui courent dans tous les sens... Maintenant tout est calme de nouveau. On a commencé à repartir avec nos prisonniers. Le sergent Dockdorf est à terre, égorgé, à moitié dans la tranchée à moitié dehors... Jerry Easton est étalé de tout son long sur le caillebotis allemand, les paupières qui battent encore...

Soldat Samuel Quillin

C'était en partie un abri, en partie une maison, et le bâtiment avait été un casino pour officiers avant qu'on prenne la zone aux Allemands, la veille. Il donnait sur la route de Sommepy, et on l'a immédiatement converti en hôpital d'évacuation. Quand je m'y suis rendu ce soir-là pour faire le compte des pertes de mon bataillon, l'endroit était rempli de blessés qui attendaient les ambulances. On était au mois d'octobre, je me souviens, et l'air piquait comme si on allait avoir de la gelée. Pendant quelques minutes, j'ai été occupé à aller d'un homme à un autre en vérifiant les plaques d'identification. Et puis j'ai entendu une plainte, un sifflement aigu qui s'est mis à se rapprocher à toute vitesse. Je me suis bouché les oreilles et ramassé sur moi-même parce que je savais d'instinct que l'obus allait frapper en plein dans le mille. Le sifflement est devenu un hurlement strident. Ensuite un éclair et une explosion assourdissante qui ont fait voler les murs en éclats, et j'ai coulé aussitôt dans un lac d'encre au fond duquel je suis resté paisiblement couché sur le ventre, longtemps, sans respirer... et puis lentement, centimètre par centimètre, j'ai émergé de l'encre et commencé à gémir...

— Il y a un homme en vie là-bas dessous, j'ai entendu dire une voix.

Personne n'a répondu d'abord. Et puis une autre voix a fini par dire :

— Personne pourrait être encore en vie avec tout ce poids sur lui...

Alors je me suis rappelé où j'étais. J'étais couché sur le dos et, à travers les poutres, les tôles et les tonnes de terre, j'ai aperçu dans le ciel une étoile, fatiguée et vague. J'ai pris peur et j'ai commencé à crier...
— Reste tranquille! a lancé la première voix d'un ton brusque. Garde la tête froide... Reste tranquille! Et écoute bien ce que je vais te dire : il y a des centaines de tonnes sur toi. Si tu bouges, tout s'écroule.
Alors je me suis tu. Au-dessus de moi, je voyais les hommes déplacer les poutres, mais avec des précautions extrêmes, et dégager les corps à mesure qu'ils se présentaient. Le premier homme m'a reparlé.
— Est-ce que t'es blessé ? il a demandé.
— Je pense que oui, j'ai dit.
Et puis, après un temps, j'ai parlé encore :
— Je vais me mettre à hurler : je vois toutes ces poutres qui me tombent dessus et qui m'écrasent.
— T'es un imbécile si tu fais ça, il a dit.
J'ai fermé les yeux et dans ma tête j'ai commencé à composer une lettre adressée à une fille, chez moi, qui s'appelle Hazel Green, en vers que je faisais rimer. Quand j'ai rouvert les yeux, j'ai vu un pan entier de ciel bleu. Le morceau de ciel s'est agrandi petit à petit jusqu'au moment où la dernière poutre a été soulevée de ma poitrine et où les hommes m'ont aidé à sortir. Je me suis mis debout, j'ai tâté mes jambes. J'ai marché tout seul vers le poste de secours, le médecin m'a examiné, mais je n'avais pas une seule égratignure, nulle part.
— On a dégagé vingt-six hommes de cet abri et vous êtes le seul à en être sorti vivant, a dit le médecin. Vous l'avez échappé belle.
— Oui, docteur, ça, vous pouvez le dire, j'ai répondu.

Soldat Abraham Rickey

J'étais à plat ventre dans les blés, pas loin du capitaine Matlock quand il a été touché, et j'ai été le premier près de lui. Une balle de mitrailleuse l'avait frappé pile entre les deux yeux, lui avait traversé la tête et était ressortie au bas de son crâne.

C'est un gars de la troisième section, Mart Passy, qui est arrivé quand j'ai appelé, et tous les deux, on a soulevé le capitaine pour l'emmener jusqu'à une tranchée où des brancardiers l'ont ramassé et puis transporté à l'arrière.

L'attaque était finie, on était rentrés chercher des renforts à la ferme de la Mouche, et je racontais à des gars qui étaient là comment Fishmouth Terry avait été touché.

— Il est tombé sans faire de bruit, j'ai dit. Il est tombé et il s'est plié en deux dans les blés, c'est tout. J'ai vraiment cru qu'il était mort, mais quand les brancardiers l'ont embarqué il respirait pour de bon. Il a pris une seule balle, mais elle lui est passée à travers la tête. Quand je l'ai retourné sur le ventre, j'ai vu une cuillerée de cervelle par terre.

— Attends une minute, là... pas si vite, mon lascar! le sergent Dunning a fait. Quelle quantité de cervelle t'as dit qui était sortie du crâne de Fishmouth Terry?...

— Une cuillerée, à peu près, j'ai répondu.

Tout le monde a secoué la tête et haussé les épaules.

— T'es bien sûr que c'est le capitaine Matlock que t'as ramassé? le sergent a insisté.

— Ben oui, j'ai dit, c'était bien lui.

Tout le monde s'est mis à rire...

— Déconne pas! a lancé Vester Keith. Déconne pas! S'il y a tout ça de cervelle qui est sorti, ça pouvait pas être notre Terry!

Soldat Wilbur Bowden

Il faisait nuit noire, pas même une étoile dans le ciel, j'ai rampé jusqu'à un entonnoir profond et, une fois couché dedans, j'ai tendu l'oreille. J'ai su tout de suite que dans le trou avec moi il y avait un homme blessé : je ne sais pas comment je l'ai su : je le voyais pas, c'est sûr, mais je sentais bien qu'il était là. Alors j'ai sorti mon couteau de tranchée et rassemblé mes forces, mais il m'a parlé en anglais. C'était une sentinelle d'avant-poste du 1er bataillon, il était tombé sur une patrouille allemande et s'était fait blesser. Il m'a murmuré tout ça dans l'oreille. Les tranchées allemandes étaient à deux pas et on n'osait pas faire de bruit de peur d'être entendus.

— Où est-ce qu'ils t'ont touché ? je lui ai demandé à voix basse moi aussi.

Il a attendu longtemps avant de me répondre.

— À la jambe, il a dit.

Je lui ai pris sa trousse de premiers soins et j'ai préparé le pansement du mieux que je pouvais. Je n'avais pas d'allumette et j'aurais pas osé la craquer de toute façon. J'ai défait son ceinturon et descendu son pantalon. Et puis j'ai coupé son caleçon avec mon couteau.

— C'est quelle jambe ? j'ai demandé.

— Je suis pas sûr, il a dit d'une voix lente.

— Je vais passer ma main sur ta jambe, j'ai murmuré, et quand j'arriverai là où t'es blessé, tu me diras et je te mettrai un pansement.

— D'accord, il a fini par dire.

J'ai tout doucement fait glisser ma main le long de sa jambe gauche du haut de la cuisse jusqu'au genou, mais il n'a pas eu un mouvement, rien qui ait manifesté qu'il avait mal. Alors je suis passé à la jambe droite, je faisais très attention avec ma main. Tout à coup, il a eu un léger sursaut.
— C'est là ? je lui ai demandé...
— Oui, il a répondu.
Son uniforme était imbibé de sang et j'avais les doigts tout collants d'avoir touché ses jambes. J'ai mis le pansement à l'endroit qu'il m'avait indiqué et j'ai bien serré.
— Je saigne toujours ? il a demandé.
— Non, j'ai dit. Plus maintenant.
Et puis j'ai ajouté :
— La blessure doit pas être bien grande finalement, je l'ai même pas sentie.
— C'est qu'elle doit être profonde alors, il a répondu.
Une fois le pansement mis, il a dit qu'il avait sommeil et qu'il allait faire une sieste.
— Ça, c'est une excellente idée, j'ai dit. Tu te fais une petite sieste et, dès que j'ai rejoint la compagnie, je t'envoie deux brancardiers.
Il ne m'a pas répondu. Il s'était endormi pendant que je lui parlais.
Une heure plus tard, de retour dans notre tranchée, j'ai signalé le blessé à l'adjudant-chef Boss et il l'a envoyé chercher, mais le gars était mort quand ils l'ont trouvé. On l'a porté dans l'abri et on l'a regardé à la bougie ; la première chose qu'on a vue, c'était une blessure sur le côté assez grande pour mettre le poing dedans. Je suis resté là, interloqué, pendant que les copains se foutaient de moi. Et puis j'ai enlevé le pansement que je lui avais posé sur la jambe : la peau était intacte. En fait, il n'avait pas une seule égratignure sur le corps à part cet endroit sur le côté, d'où il s'était vidé de son sang.
J'ai repensé à cet homme bien des fois, mais c'est sans queue ni tête tout ça. Pourquoi est-ce qu'il a réagi et dit qu'il était blessé à la jambe alors que c'était pas le cas ? Est-ce qu'il

savait vraiment où il était blessé ? Ou est-ce qu'il savait qu'il allait mourir et mes questions l'agaçaient ? Est-ce qu'il pensait que comme j'insistais ce serait plus facile de me laisser faire, de me laisser lui mettre un pansement ? J'y ai réfléchi bien des fois, sans pouvoir conclure.

Soldat Eugene Merriam

J'avais remis le message au lieutenant Bartelstone et je m'apprêtais à repartir, mais les Allemands avaient recommencé à pilonner le bois et la route de Sommepy.
— Vous feriez bien d'attendre que le tir de barrage soit fini, le lieutenant Bartelstone a dit.
— Non, mon lieutenant, j'ai dit. Je crois bien que je ferais mieux de retourner à l'état-major. Je vais passer au travers, ça va aller.
— C'est pas un petit barrage, il a dit. Vous feriez bien d'attendre un peu.
— Ça va aller, j'ai dit. J'ai connu mille fois pire. Si j'attendais que tous les barrages soient finis, je remettrais pas beaucoup de messages.
— Oui, vous avez sans doute raison, le lieutenant a dit en riant.

J'ai remonté mon col, comme si c'était un déluge que j'allais traverser, et j'étais parti, je filais dans la forêt. Des obus explosaient au sommet des arbres et partout dans le bois il y avait des billes de shrapnel chauffées au rouge. Elles vrillaient dans toutes les directions, gémissaient, des bruits qu'on aurait dit faits par des chevaux en train de se bouffer les flancs. L'automne était arrivé, les feuilles étaient rouge, jaune, marron. Elles me pleuvaient sans arrêt devant les yeux, des rideaux d'oiseaux morts qui s'abattaient par terre. Le pilonnage avait l'air de s'accentuer, mais je continuais de courir. Je savais que ça servait à rien de rentrer la tête dans les épaules... Et puis le bois s'est ouvert et j'ai vu la route.

Dans deux secondes, je serai sorti du barrage, sain et sauf, j'ai pensé.

Soldat Herbert Merriam

Q̲u̲a̲n̲d̲ je suis revenu de l'hôpital, on était fin septembre et la compagnie cantonnait dans un bois près de Manoirville. J'ai demandé à l'adjudant-chef Boss des nouvelles de mon frère Gene, notre estafette de régiment.
— Ben, non, je l'ai pas vu ces derniers temps, il m'a répondu, mais on a bougé presque sans arrêt et j'ai pratiquement vu personne de l'état-major.
— Je vais y aller ce soir faire une surprise à Gene, j'ai dit.
J'ai jeté mon barda sur un lit vide, mais Byron Long l'a ramassé.
— Prends plutôt mon lit, Herbie, il m'a proposé. Celui-là, il est cassé. Viens donc par ici, on va échanger.
— Ben, nom de Dieu! j'ai dit en riant. Qu'est-ce qui vous arrive les gars? Vous vous entraînez pour devenir boy-scouts ou quoi?
Byron n'a rien répondu, mais il a détourné les yeux.
— Moi, j'irais pas voir Gene à l'état-major, a dit le sergent Halligan.
— Et pourquoi ça? j'ai demandé. C'est pas interdit par le règlement, si?
— J'irais pas, c'est tout.
Je suis resté planté là à réfléchir une minute; et puis mon cœur s'est mis à battre trop vite. J'ai eu l'impression que mes genoux ramollissaient et pendant un moment j'ai cru que j'allais tomber par terre.
— Oh, j'ai dit... Oh, je vois!

— Pourquoi tu t'allongerais pas un peu sur le lit de Byron, a dit Frank Halligan. Il est près du mur, au fond, là où personne aura à t'enjamber. Pourquoi tu t'allongerais pas pour faire une petite sieste ?... Tu dois être fatigué, après le trajet depuis l'hôpital.
— D'accord, j'ai dit. Je crois que je vais faire une sieste.
— Prends bien tes aises, Byron a dit. Tiens, je te mets mes couvertures pour que t'aies pas froid.
Et puis, l'un après l'autre, les gars se sont trouvé une raison de sortir. Un à un, ils sont allés dehors dans le froid jusqu'à ce qu'il ne reste plus que moi dans le dortoir.

Soldat Peter Stafford

Quand je suis sorti des vapeurs de l'éther, j'ai pas su tout de suite où j'étais, mais au bout d'un moment j'ai retrouvé mes esprits et je me suis rappelé que j'étais dans un hôpital, et qu'on venait de me couper la jambe. Et puis l'infirmière m'a donné un médicament à avaler et la douleur s'est arrêtée. J'avais l'impression que tout s'embrouillait. Pendant un temps je savais où j'étais et ce qui m'était arrivé, et puis je m'endormais et je me croyais rentré à la maison.

Je sais pas quelle heure il était quand j'ai entendu des gens qui chuchotaient au-dessus de mon lit. J'ai ouvert les yeux et puis j'ai regardé, et tout ce que j'ai vu d'abord, c'était une vieille dame qui avait une tête gentille penchée vers moi. Va savoir pourquoi, je me suis cru à Little Rock et j'ai pensé que la dame, c'était une de nos voisines, une Mme Sellers, qui était venue rendre visite à maman.

— Bonjour, Madame Sellers! j'ai dit. Mais comment ça se fait que vous êtes là, dans ma chambre?

C'est seulement là que j'ai vu les docteurs et l'infirmière debout à côté de la dame, et que j'ai compris où j'étais. La dame a rien dit, mais elle m'a fait un sourire bien aimable. Quand j'ai compris mon erreur, je lui ai parlé plus poliment.

— Excusez-moi, madame, j'ai dit, mais j'ai cru que vous étiez une voisine de par chez moi qui a une pension juste en face de là où j'habite.

La dame a parlé bien correctement:

— Trouvez-vous donc que je lui ressemble beaucoup?

— Oui, madame, j'ai dit, vraiment beaucoup ! Si vous aviez un tablier et un bonnet, personne pourrait faire la différence. Alors j'ai vu à la tête de l'infirmière que j'avais gaffé. Plus tard j'ai appris que j'avais parlé à Sa Majesté la reine d'Angleterre. Quand j'ai découvert ça, j'ai demandé à l'infirmière de bien dire à la reine que Mme Sellers était une femme respectable qui avait l'estime de tout le monde à Little Rock et qu'il fallait pas qu'elle ait honte de lui ressembler. L'infirmière m'a répondu qu'elles étaient bonnes amies avec la reine et qu'elle ne manquerait pas de lui dire la prochaine fois qu'elles se verraient.

J'en ai plus jamais entendu parler après, mais mon erreur était pas volontaire, et c'est bien comme ça apparemment que la reine avait vu les choses… Mais je parie quand même qu'elle se souvient encore de ma bévue, et qu'elle a ri de moi plus d'une fois depuis.

Soldat Sidney Belmont

On raconte cette histoire sur le colonel de mon régiment. Un après-midi, il était monté en première ligne en uniforme de simple soldat, il avait enlevé ses aigles, son ceinturon, tous les autres insignes de son grade. Pendant qu'il inspectait la première ligne comme ça, Gene Merriam est arrivé avec un message. Quand il a vu le colonel, il s'est arrêté et il l'a salué devant tout le monde. Le colonel, ça l'a rendu furieux.

— Hé, là, espèce de pauvre abruti, il a beuglé, vous avez donc pas assez de jugeote pour pas saluer un officier qui se trouve en première ligne ? Vous voulez peut-être que tous les tireurs isolés de l'armée allemande essaient de m'abattre ?

Il a continué de jurer en brandissant le poing pendant un moment, et puis il a commencé à avoir pitié de Gene, qui rougissait et baissait la tête de se faire engueuler comme ça…

— Écoutez-moi bien, le colonel a fait, à l'avenir, quand vous voudrez attirer mon attention en première ligne, vous me saluez pas. Vous viendrez vers moi, vous m'enverrez deux ou trois coups de pied et vous me direz : "Tu vas m'écouter, espèce de crétin de fils de pute !" Quand je suis en première ligne, c'est comme ça que vous devez me parler, le colonel a fait.

Après, cette histoire, je l'ai entendu raconter sur le colonel de chaque régiment qui était posté en France, mais c'est dans mon unité que ça s'est vraiment passé.

Soldat Richard Starnes

Après le coup de main cette nuit-là, on n'avait plus nos repères et on n'arrivait plus à retrouver la brèche dans nos barbelés. On était cinq. Six, si on compte le prisonnier qu'on avait fait pour obtenir des renseignements. On était là à débattre quand les Allemands se sont mis à nous envoyer des obus à gaz. On a aussitôt sorti nos masques, mais le prisonnier n'en avait pas, et quand les gaz ont commencé à l'asphyxier, il est tombé à genoux, terrorisé, pour demander grâce. Il pleurnichait et se tordait les mains et parlait de sa mère et de chez lui. On l'a ignoré. On n'allait pas écouter ses jérémiades. Et puis il s'est jeté sur moi et il m'a enlacé les genoux. J'ai jamais vu une lâcheté pareille... J'arrêtais pas de le repousser avec mon pied, mais il revenait à chaque fois se pendre à mes genoux en pleurnichant. À ce moment-là, il s'était déjà mis à tousser et ses yeux pleuraient.

Et c'est là que l'histoire devient drôle : pendant que ce petit saligaud m'embrassait les genoux en chialant, un sentiment bizarre de pitié m'a envahi et avant que j'aie pu savoir ce que je faisais, j'étais agenouillé à côté de lui. Je l'ai serré dans mes bras... "Prends mon masque, frère", je lui ai dit gentiment. Je sais pas pourquoi j'ai fait ça. J'ai jamais réussi à comprendre pourquoi j'avais fait ça ! J'ai dû perdre la tête. Aucun homme sain d'esprit ne ferait une chose pareille, c'est sûr...

S'il avait eu le moindre sens des convenances, il aurait refusé le masque que je lui tendais, mais il l'a pris et il l'a enfilé. J'avais pas vraiment l'intention de le lui donner. Pourquoi est-ce que j'aurais fait une chose pareille ?... Dès que j'ai compris ce que j'avais fait, j'ai voulu lui reprendre le masque, mais je pouvais pas faire ça avec tous les copains autour qui regardaient. Vous voyez dans quelle situation impossible j'étais?...

— Oui, le médecin a dit, je vois tout à fait.

— De quel droit il m'a pris le masque alors que je savais pas ce que je faisais? De quel droit il...

— C'est très bien, ce que vous avez fait, le médecin a dit.

— Mais je vous dis que j'avais perdu la tête, j'ai crié. Je m'en suis voulu au moment même où je le faisais.

— Calmez-vous, le médecin a dit, ou vous allez vous remettre à saigner.

Caporal Frederick Willcoxen

On était à la fin du mois d'octobre, sur toute la longueur du front les Allemands battaient en retraite, ils libéraient des villes qu'ils avaient occupées pendant quatre ans, et toute la journée on a vu des civils français, des hommes et des femmes âgés pour la plupart, qui rejoignaient l'arrière péniblement, courbés sous le poids de tout ce qu'ils possédaient. Quand on a rompu les rangs pour se reposer dix minutes, on a vu une vieille dame appuyée contre une butte raide. Sur le dos, elle portait une immense hotte en osier remplie de casseroles et de toutes sortes d'ustensiles de cuisine. Elle avait le visage ridé et l'air faible et épuisée.

— Bonté divine! s'est exclamé le sergent Halligan, comment elle fait, cette pauvre petite vieille, pour soulever un chargement pareil?

— Je sais pas, mais je vais aller l'aider à monter tout ça jusqu'au sommet de la butte.

J'ai commencé à m'approcher d'elle et à ce moment-là elle s'est mise à agiter le poing vers moi. Je me suis arrêté net, surpris, et je lui ai parlé gentiment :

— Faut pas avoir peur, grand-mère, je lui ai dit, je vais pas vous faire de mal.

Et puis je lui ai souri et j'ai recommencé à aller vers elle, mais là elle a bondi, elle a poussé un petit couinement et, avec sa hotte et tout le bazar sur le dos, elle a grimpé la butte à toute allure, aussi rapide qu'un lézard qui détale sur un mur. Elle a filé tellement vite que je suis resté planté là, la bouche ouverte. Arrivée en haut, elle a craché vers moi et elle m'a traité de cochon.

Tout le monde s'est marré et a voulu me charrier. Mart Passy était écroulé de rire par terre.
— Hé, Fred, il a crié, dis voir à ta fiancée de redescendre pour qu'elle vienne nous traîner la roulante.

Sergent Marvin Mooney

Un jour, dans la forêt d'Argonne, on est tombés sur un soldat allemand blessé. C'était le petit matin et dans la nuit le givre avait tout recouvert. L'Allemand était recroquevillé sur lui-même, sur le ventre, et il avait dû passer la nuit là parce que quand je l'ai retourné, il y avait pas de givre à l'endroit où il se trouvait. Il était tout blanc et il grelottait. Il portait des lunettes avec de gros verres crasseux.

Quand il m'a vu, il m'a supplié de lui donner à boire. Je lui ai dit :

— Tu chantais pas la même chanson, hein, quand tu violais les infirmières de la Croix-Rouge et que tu coupais les jambes des gosses en Belgique ? On a inversé les rôles maintenant. Tiens, voilà la pareille !

Et là je lui ai redressé la tête d'un coup de pied et je lui ai frappé la figure avec la crosse de mon fusil jusqu'à ce que ça devienne de la bouillie. Après ça, j'ai ouvert ma gourde et je l'ai complètement vidée par terre, parce que je voulais pas que les autres croient que c'était lui donner mon eau qui me chagrinait.

— Tiens, voilà à boire, je lui ai dit...

Si vous pensez que je mens, demandez donc à Fred Terwilliger ou Harry Althouse. Ils étaient avec moi... Ce type-là, c'était un sale minable, ses lunettes étaient attachées à ses oreilles par une pauvre ficelle. Il était tout blanc, il grelottait toujours, il claquait des dents. Il faisait dans les un mètre soixante, je dirais, même si c'était peut-être quelques centimètres de plus. Chaque fois que je le cognais, ses genoux sautaient un peu.

Soldat Oliver Teclaw

On montait au front un matin quand quelqu'un s'est mis à m'appeler d'une voix tout excitée.
— Ollie, le gars criait, Ollie Teclaw!
C'était le sergent Ernest, mon ancien instructeur. Au camp, il disait que, de toutes ses années de service dans l'armée, j'étais le pire soldat qu'il avait jamais eu à former.
— Bonjour, je lui ai dit.
— Alors, t'as fini par apprendre à tenir une baïonnette correctement? il m'a demandé.
— Non, j'ai dit, toujours pas.
— Et le fusil, t'as réussi à savoir t'en servir?
— Toujours pas réussi à tirer avec, sergent, je lui ai dit. Toujours pas.
On était de plus en plus loin, le sergent Ernest a mis ses mains en cornet autour de sa bouche et il a crié:
— Et les grenades? Tu sais les lancer, les grenades?
— Pas mieux qu'en instruction, je lui ai répondu.
Ernest a secoué la tête, il a grogné.
— Bon sang de Dieu! Personne t'a encore tué? il a crié.
— Ben non, j'ai dit... Pas jusqu'ici.

Soldat Franklin Good

On était en novembre. Les nuits étaient froides et le matin il y avait du givre par terre. Les routes étaient gelées et dures comme fer. Tous les arbres avaient perdu leurs feuilles, les branches chuchotaient dans le vent, on aurait dit du papier de verre qu'on frotte. Dans la forêt, devant nous, les Allemands continuaient de battre en retraite, leurs munitions et leur matériel jonchaient leurs tranchées, leurs blessés abandonnés gisaient au sol. On a franchi la forêt avec prudence, en faisant attention aux mines.

On a continué à avancer toute la journée. Et puis vers le soir, devant nous, on a aperçu la Meuse qui coulait. À la vue du fleuve, on s'est dépêchés, inquiets de passer le pont pour se retrancher de l'autre côté avant la tombée de la nuit, mais avant qu'on ait pu atteindre la berge il y a eu trois explosions, le pont a volé en éclats sous nos yeux et le courant l'a emporté. On est restés là à regarder le pont démoli, en soufflant dans nos mains pour les réchauffer, et notre haleine se transformait en vapeur.

Et puis les gars du génie sont arrivés de l'arrière pour construire un ponton. On a commencé à creuser près de la berge en prévision du tir de barrage que les Allemands n'allaient pas manquer de nous servir. Le génie a travaillé vite et le pont flottant était prêt avant que le pilonnage commence. Mais il fallait que quelqu'un traverse le fleuve à la nage pour amarrer le ponton sur la rive opposée. Jerry Blandford s'est porté volontaire. Il s'est déshabillé et puis il a plongé dans l'eau glacée et il a tiré la construction précaire derrière lui. Il atteignait l'autre berge quand le barrage a débuté. Alors il a attaché la corde à une souche et le premier homme est passé. Les obus frappaient partout autour de nous, ils envoyaient en l'air des gerbes d'eau et des paquets de boue plus gros qu'un homme. Un à un, on a couru à toute vitesse sur le ponton pour aller prendre position de l'autre côté. À l'aube, on était tous passés. Neuf hommes avaient été tués en traversant et le pont avait été particllcmcnt détruit et réparé à trois reprises. Une fois le dernier homme arrivé, on a reformé les sections et l'attaque a continué. On s'est retournés pour regarder le fleuve et on a vu les gars du génie affairés comme des fourmis en train de construire un autre pont assez solide pour supporter le poids de notre artillerie.

Le soldat inconnu

On rentrait de corvée de barbelés par une nuit tranquille et les gars étaient de bonne humeur. Et puis deux Maxim ont fait feu, un tir d'enfilade meurtrier, et un de mes compagnons a levé les mains en l'air avant de s'effondrer sans un bruit. Je suis resté figé sur place, dérouté par cette attaque subite, sans savoir de quel côté aller. Alors j'ai entendu quelqu'un crier : "Attention ! Attention aux barbelés !" et j'ai vu mes compagnons terrifiés qui se dispersaient ventre à terre dans tous les sens. Je me suis mis à courir, mais là quelque chose m'a balayé, j'ai eu le souffle coupé, je suis tombé à la renverse et le barbelé m'a attrapé.

Je ne me suis d'abord pas rendu compte que j'étais blessé. J'étais couché dans les barbelés, j'avais du mal à respirer. Je dois rester parfaitement calme, je me suis dit. Si je remue, je vais tellement m'empêtrer que j'en sortirais jamais. Alors une fusée blanche est montée dans le ciel, et dans la lumière qui a suivi j'ai vu que j'avais le ventre complètement déchiré et que mes viscères se répandaient comme un bouquet de roses bleues raté. Cette vision m'a terrifié et j'ai commencé à me débattre, mais plus je me tordais, plus les pointes s'enfonçaient. J'ai fini par ne plus pouvoir bouger les jambes et alors j'ai su que j'allais mourir. Je suis donc resté tranquille, étiré de tout mon long, à geindre et à cracher le sang.

Je n'arrivais pas à oublier la tête des gars et leur débandade affolée quand les mitrailleuses avaient fait feu. Je me suis rappelé une fois, enfant, où j'étais allé chez mon grand-père qui avait une ferme. Cette année-là, les lapins lui mangeaient ses choux et il avait fermé tous les accès à son champ à l'exception d'un seul, où il avait disposé des feuilles de salade et des jeunes carottes pour les appâter. Une fois le champ rempli de lapins, la partie de rigolade avait commencé. Mon grand-père avait ouvert la barrière et laissé entrer le chien pendant que son employé se tenait dans l'ouverture, un manche à balai à la main, et brisait le cou des lapins au moment où ils sautaient pour sortir. J'avais regardé à l'écart, je me souviens, et j'avais plaint les lapins en me disant qu'ils étaient quand même vraiment trop bêtes de s'être laissé prendre à un piège aussi évident. Maintenant que j'étais couché dans les barbelés, cette scène me revenait très distinctement... Et c'était moi qui avais plaint les lapins ! Moi, qui étais maintenant pris dans les barbelés...

Couché les yeux fermés, je me remémorais tout ça. Et puis j'ai entendu le maire de ma ville prononcer son discours annuel au cimetière militaire, chez nous. Des bribes me revenaient à l'esprit : "Ces hommes ont connu la gloire de mourir au Champ d'Honneur !... Ils ont connu le bonheur de donner leur vie pour une Noble Cause !... Quelle exaltation n'ont-ils pas dû éprouver quand, ayant reçu le baiser de la Mort, elle leur a fermé les yeux pour l'Éternité de l'Immortalité !..." Tout à coup, je me suis vu moi aussi, petit garçon dans la foule, la gorge serrée pour retenir mes larmes, transporté par ces propos et croyant chaque mot prononcé ; et c'est à ce moment-là que j'ai compris clairement pourquoi j'étais à présent en train de mourir dans les barbelés...

Le premier choc était passé et mes blessures ont commencé à me faire souffrir. J'avais vu d'autres hommes mourir dans les barbelés et j'avais juré que si ça m'arrivait, je me tairais, mais au bout d'un moment la douleur est devenue intolérable et un cri tremblé et strident est sorti de moi. J'ai hurlé comme ça longtemps. Je ne pouvais pas m'en empêcher...

À l'approche de l'aube, une sentinelle allemande est sortie de son poste pour ramper jusqu'à moi.

— Chut ! il a dit d'une voix douce. Chut, s'il te plaît !

Il était assis sur les talons et il m'observait avec compassion. Alors j'ai commencé à lui parler :

— C'est un mensonge que les gens se racontent entre eux, mais personne n'y croit vraiment, j'ai dit... Et j'en fais partie, que je le veuille ou non. J'en fais partie maintenant encore plus qu'avant : dans quelques années, quand la guerre sera finie, on ramènera mon corps au cimetière militaire de ma ville, exactement comme on a ramené le corps des soldats tués avant ma naissance. Il y aura une fanfare et des discours et un bel obélisque en marbre avec mon nom gravé au pied... Le maire sera là, aussi, il montrera mon nom de son gros index tremblotant en proférant des propos absurdes sur les morts glorieuses et les champs d'honneur... Et il y aura d'autres petits garçons dans la foule qui l'écouteront et qui le croiront, exactement comme je l'ai écouté et cru !

— Chut, a dit l'Allemand doucement. Chut !... Chut !

J'ai recommencé à me tordre dans les barbelés et à hurler.

— Je ne peux pas supporter cette idée ! Je ne peux pas !... Je ne veux plus jamais entendre de musique militaire ou de mots grandiloquents : je veux être enterré là où personne me trouvera jamais. Je veux disparaître complètement...

Alors, tout à coup, je me suis tu car je venais d'entrevoir une issue. J'ai enlevé mes plaques d'identification et je les ai jetées dans les barbelés, le plus loin possible. J'ai déchiré en petits morceaux les lettres et les photographies que je gardais avec moi et je les ai dispersés. J'ai jeté mon casque pour que personne ne puisse m'identifier à partir du numéro de série imprimé sur le bandeau à l'intérieur. Et là, couché dans les barbelés, j'ai exulté !

L'Allemand s'était redressé et me regardait, l'air interdit...

— J'ai battu les orateurs et les poseurs de gerbes à leur propre jeu ! j'ai dit... Je les ai tous battus ! Personne ne fera jamais de moi un symbole. Personne maintenant ne dira jamais de mensonges à côté de mon cadavre !...

— Chut, a dit l'Allemand doucement. Chut !... Chut !

Alors la douleur est devenue tellement intenable que j'ai commencé à m'étouffer et à mordre dans les barbelés. L'Allemand s'est rapproché de moi, il a posé la main sur ma tête...

— Chut, il a dit... Chut, s'il te plaît...

Mais je ne pouvais pas m'arrêter. Je m'agitais dans tous les sens dans les barbelés en hurlant d'une voix stridente. L'Allemand a sorti son pistolet et il est resté là à le retourner dans sa main sans me regarder. Et puis il a passé le bras sous ma tête, il m'a soulevé et il m'a embrassé doucement la joue, en répétant des paroles que je ne comprenais pas. C'est à ce moment-là que j'ai vu qu'il pleurait lui aussi depuis un long moment...

— Fais-le vite ! j'ai dit. Vite !... Vite !

Il est resté debout les mains tremblantes pendant un instant avant de poser le canon de son pistolet contre ma tempe, puis de détourner les yeux et tirer. Mes paupières ont battu deux fois avant de se fermer ; mes poings se sont serrés puis lentement relâchés.

— J'ai rompu la chaîne, j'ai murmuré. J'ai vaincu la bêtise fondamentale de la vie.

— Chut, il a dit. Chut !... Chut !... Chut !...

Soldat Charles Upson

L A première chose qu'on a remarquée, c'est le silence de l'artillerie allemande. Ensuite, c'est notre artillerie à nous qui a arrêté de tirer. On s'est regardés, surpris de ce calme soudain, et on s'est demandé ce qui se passait. Une estafette est arrivée, tout essoufflée, avec un message du Q.G. de la division. Le lieutenant Bartelstone, à la tête de notre compagnie, l'a lu lentement et puis il a fait venir les sergents de toutes ses sections.

— Dites à vos hommes de cesser le feu, la guerre est finie, il a déclaré.

Caporal Stephen Waller

La compagnie K a engagé les hostilités le 12 décembre 1917 à 22 h 15 à Verdun (France) et a cessé le combat le 11 novembre 1918 au matin près de Bourmont, ayant la nuit précédente traversé la Meuse sous les bombardements ennemis ; et ayant participé, au cours de la période susmentionnée, aux opérations décisives suivantes : Aisne, Aisne-Marne, Saint-Mihiel et Meuse-Argonne.

De nombreux hommes ont été cités pour leur bravoure, et les décorations suivantes ont effectivement été décernées pour service exemplaire sous le feu : 10 croix de guerre (dont quatre avec palme) ; 6 Distinguished Service Cross ; 2 médailles militaires et une Medal of Honor, cette dernière ayant été attribuée au soldat Harold Dresser, un homme qui a fait preuve d'un courage individuel peu commun.

Le bilan des morts, blessés au combat, disparus ou évacués pour cause de maladie a été nettement plus élevé que la moyenne (332,8).

Notre commandant, le capitaine Terence L. Matlock, s'est montré capable et efficace, et il a su garder pendant toute la durée des hostilités le respect et l'admiration des hommes qui ont servi sous ses ordres.

Soldat Leo Brogan

L'ARMISTICE avait été signé et depuis trois jours on traversait la France, à une petite journée de marche derrière l'armée allemande en train d'évacuer. Il pleuvait : une pluie fine et brumeuse, qui tombait à la verticale et nous pénétrait jusqu'aux os pendant qu'on cheminait, grelottants, dans la boue des petites routes de campagne avec peine et sans ordre. Vue à travers la pluie lente, la campagne avec ses champs de terre brune dénudés et ses bois aux arbres dépouillés paraissait tout à fait désolée et la solitude des villages en ruine se découpait sur le gris couleur d'étain du ciel.

Parfois, on arrivait à un village partiellement reconstruit ou juste imparfaitement détruit que les gens habitaient encore, et alors les habitants se tenaient sur le pas de leur porte, silencieux et un peu effrayés, pour nous regarder passer ; d'autres fois, on longeait un magnifique château qui du fait de son isolement avait échappé à tout bombardement systématique et se trouvait toujours là, incongrûment intact, près de la route, entouré de ses murs de briques, de ses grilles de fer forgé et de ses haies laissées à l'abandon. C'est près d'un de ces châteaux qu'on a reçu l'ordre de rompre pour déjeuner. On s'est installés sur le bord de la route et on a attendu. Peu de temps après, la roulante de la compagnie tirée par Mamie, notre bonne vieille mule, a fini cahin-caha par nous rejoindre, elle est remontée en tête de la colonne, puis elle est sortie de la route pour s'arrêter dans un pré en friche.

Hymie White, de la deuxième section, a laissé glisser son sac de son dos, il s'est étiré. Le temps qu'il se décoince les épaules et qu'il rassemble sa gamelle et ses couverts, la cuisine avait été installée et un cercle s'était déjà formé autour. Une grosse marmite de soupe fumante soulevée par Sidney Borgstead et son second était en train d'être posée à terre. Le sergent Mike Olmstead, chargé de la cantine de la compagnie, qui supervisait les préparatifs du repas en braillant, s'est tout à coup tourné vers nous :

— Qu'est-ce que vous mijotez comme embrouille, vous, là ? Vous faites une file ou vous bectez pas, c'est clair ?

Avoir longtemps été aux côtés d'hommes affamés avait rendu Mike méfiant de tout. Sa figure était toute bosselée et mal dessinée, et sa bouche tordue ressemblait à un petit trou d'obus.

Une file s'est rapidement constituée et Sid Borgstead a commencé à distribuer la tambouille. Le sergent Olmstead restait près de lui pour s'assurer que chaque homme recevait la part qui lui revenait. Quand le tour de Hymie White est arrivé, on lui a servi une louche de soupe claire et une fine tranche de pain avec une cuillerée de sirop de maïs dessus. Il a regardé ses maigres rations et brusquement il s'est mis en colère.

— Sacré repas, ça, pour te nourrir un bonhomme ! il a dit.

Il n'avait plus de sympathie dans le regard ; sa figure était toute rouge, ses narines dilatées.

— Putain de repas, oui, pour te nourrir un bonhomme !

— Si ça te plaît pas, remets-le dans la marmite, a dit le sergent Olmstead.

— Depuis que je suis dans cette foutue compagnie, j'ai jamais eu assez à bouffer !

— Tu vas me faire pleurer, fiston !

— Moi je dis, faudrait quelqu'un d'autre qui s'occupe de la cuistance ici.

— Ah ouais ? a répondu le sergent Olmstead. Ben écoute-moi bien. Je fais avec ce qu'ils me donnent au Q.G., tu piges ?

Hymie a compris à ce moment-là que toute discussion serait vaine. Il est retourné à l'endroit sur le bord de la route où il avait laissé son sac et il s'est assis dessus pour avaler son repas. Il a remarqué que pendant son absence plusieurs hommes très âgés et plusieurs très jeunes enfants s'étaient regroupés devant la grille du château. Ils observaient attentivement les soldats en train de manger et suivaient lentement des yeux la centaine de cuillères sales qui s'élevaient et s'abaissaient en rythme.

Peu après, une vieille dame enveloppée dans un imperméable a descendu d'un pas mal assuré la longue allée de dalles qui menait du château à la grille. À ses côtés se trouvait une fillette de huit ans environ : une enfant pas très jolie avec une frange et deux nattes serrées qui avait des jambes potelées toutes pataudes. Près de la fillette, sans se presser, un faon aux flancs mouchetés de gris et aux doux yeux bruns avançait.

Quand le petit groupe a atteint la grille, la vieille dame a théâtralement posé une main osseuse sur son cœur et, d'un geste large qui englobait tout le monde, elle a envoyé un baiser aux soldats allongés. Puis elle s'est mise à parler en français à toute vitesse, elle se frappait parfois la poitrine ou la gorge, montrait parfois le ciel morne. Hymie s'est tourné pour demander à Pierre Brockett :

— Qu'est-ce qu'elle raconte, la vieille, là ?

Brockett, qui était en train de saucer sa gamelle avec un bout de pain pour attraper la dernière goutte de soupe, a levé les yeux et écouté un peu :

— Elle remercie les vaillants soldats qui ont sauvé sa patrie dévastée, et patati, et patata.

— Ah, c'est de ça qu'elle cause, a dit Hymie.

Il a remarqué alors que le faon avait fourré sa tête entre les barreaux de la grille et qu'il le contemplait depuis l'autre côté de la route couverte de boue, avec des yeux ardents pleins d'amour. Hymie s'est mis à siffler doucement – mielleusement. Le petit faon s'est aussitôt jeté contre la grille, son corps en émoi parcouru d'un frisson d'excitation. Il est resté là un instant, tout tremblant, avant de s'éloigner de la grille pour aller minauder sur la pelouse en agitant le toupet de fourrure qui lui servait de queue, se mettant subitement à faire le clown et à tourner sur lui-même. Il a fini par s'arrêter, il a regardé en direction de Hyman pour voir si ses efforts avaient eu du succès. Les soldats riaient tout ce qu'ils pouvaient de ses pitreries. Quand elle a entendu leurs rires, la vieille dame s'est interrompue, la main droite directement pointée vers l'endroit du ciel qu'elle considérait comme le séjour de Dieu, la gauche posée sur la nuque de la fillette qui s'était retournée et battait des mains de plaisir. La vieille dame lui a souri avec indulgence, lui a caressé la joue et, d'un autre baiser envoyé à son auditoire suivi d'une profonde révérence, elle a mis fin à son discours.

Une dizaine de soldats s'est approchée de la grille, ils claquaient des doigts et sifflaient pour attirer l'attention du faon, mais l'animal les ignorait : fasciné, il contemplait Hyman White et lui seul.

— Essaie encore, Hymie! a crié Graley Borden.

Une nouvelle fois, Hymie a poussé son long sifflement mielleux et immédiatement le petit faon, semblant n'attendre que ce signal, a remonté l'allée en courant comme un fou, lançant ses pattes en l'air et découvrant le velours crème de son ventre. Tout à coup, sans raison, il se précipitait vers les parterres de fleurs et les arbustes dégarnis, se reprenait juste à temps pour éviter la collision et repartait ailleurs aussi sec, comme un dératé. Au bout d'un moment, il est revenu vers la grille à toute allure pour se jeter de nouveau contre les barreaux. Incapable de s'échapper comme il le souhaitait, il est resté là à regarder la vieille dame, son pelage moucheté frétillant d'excitation.

Les hommes assemblés devant la grille étaient ravis de cette diversion. Ils continuaient de se tordre de rire et faisaient des commentaires grivois sur la force du coup de foudre et les talents cachés de séducteur de Hyman White. La vieille dame souriait tendrement, et puis soudain elle a soulevé le grand loquet de la grille. Un cri pointu et une phrase rapide sont sortis de la bouche de la fillette, mais la vieille dame lui a tapoté la joue et lui a dit une dizaine de mots gentils et rassurants. Il y a eu un court silence, et alors la fillette a hoché la tête et puis elle a fixé ses bottines sans plus broncher. Au hochement de tête de l'enfant, la vieille dame avait ouvert la grille tout grand, et aussitôt le petit faon avait bondi et traversé la route couverte de boue pour se précipiter dans les bras de Hyman White. Les soldats attroupés autour de lui cherchaient à attirer l'attention de l'animal, mais il ne daignait pas même les voir : tout occupé à lui lécher la joue de sa petite langue câline et à le contempler de ses yeux mouillés et affectueux, il ne quittait pas les bras de Hyman White.

J'observais la scène à côté de John McGill. John était extrêmement impressionné. Il s'est tourné vers moi pour me confier à voix basse :

— Comme l'instinct simple du faon est plus sûr que notre raison humaine... Il doit y avoir chez Hyman White une beauté d'âme qu'il perçoit tout de suite et qui l'attire instantanément, mais elle échappe à nos sens plus grossiers.

J'ai regardé Hymie White une minute, j'ai vu un type râblé, imperturbable, aux traits épais et à la mine rougeaude. Le gras de la soupe qu'il venait de manger luisait encore sur ses lèvres et il avait la goutte au nez.

— Va savoir, John, j'ai dit. Va savoir.

Au bout d'un moment, la consigne a circulé qu'on devait se tenir prêts. On s'est levés et on a ramassé notre barda et nos gamelles éparpillées.

Hyman White tenait toujours le petit faon dans ses bras, il caressait affectueusement ses flancs doux et potelés. Il a fini par se tourner vers Pierre Brockett, qui bataillait pour refaire son paquetage.

— Demande à la vieille combien elle prendrait pour le faon, il a dit.

Brockett a posé la question et encore une fois un cri bref et terrifié est sorti de la bouche de l'enfant, mais la vieille dame a souri en secouant la tête.

— Veut pas vendre, Pierre a dit.

Hymie a traversé la route à contrecœur pour aller déposer le faon à côté de la fillette. Le faon s'est débattu et a essayé de se dégager, mais la petite le serrait bien fort dans ses bras. Hymie avait regagné sa place et passé son fusil autour de l'épaule quand la fillette a éclaté en sanglots et dit quelque chose à la vieille dame à toute vitesse. L'instant d'après, la vieille dame libérait le faon, qui accourait vers Hymie pour lui fourrer son museau dans la main et lui danser autour.

La vieille dame a levé le bras pour demander l'attention. Les soldats se sont tournés vers elle. Elle a parlé vite un petit moment et puis Brockett a traduit pour les gars, qui commençaient déjà à partir.

— Elle dit que jamais, au grand jamais, elle ne voudrait vendre le faon – jamais, et pour rien au monde ! Mais comme le vaillant soldat et le faon s'aiment d'un si grand amour, sa petite-fille est heureuse de le lui donner !

La fillette a fait un pas en avant et a parlé d'une voix très haut perchée. Puis elle s'est tue brusquement, comme si on l'avait grondée, et elle a fixé la boue à ses pieds.

— Prenez bien soin de lui ! Prenez bien soin de lui ! Pierre Brockett a répété.

Et puis il a ajouté :

— Elle dit que le faon est très gentil.

Hymie s'est retourné brièvement pour faire un signe de la main à la vieille dame et à la fillette, mais la vieille dame ne l'a pas vu ; elle s'était remise à discourir, avec de grands gestes qui embrassaient sans distinction les hommes, la campagne détrempée par la pluie et le ciel morne. Il y avait encore des larmes dans les yeux de la fillette et elle regardait le faon le cœur gros de regret. Au fond d'elle, elle espérait qu'il finirait par retrouver ses esprits et par lui revenir, mais la bête fascinée allait et venait en sautillant le long de la route couverte de boue, et pas une fois elle n'a regardé en arrière.

La pluie fine continuait de tomber. On marchait en silence, hormis le rare tintement d'une gourde et le bruit monotone de succion de tous nos pieds enfoncés puis extirpés de la boue. Petit à petit le soir est venu. Hymie a alors pris le faon dans ses bras, il s'est blotti contre lui en posant le museau sur la bretelle de son sac. Quand il a fait presque nuit, on a atteint la ville où on devait s'arrêter. Parti devant nous, Roy Winters, le sergent chargé de notre cantonnement, nous y attendait, et il a indiqué à la compagnie l'endroit qu'on lui avait attribué. Une fois son escouade bien installée et son barda posé sur la paille sèche, Hymie a sifflé son faon et il est sorti. Je me suis levé pour le suivre et, sur la route qui passait devant notre campement, il m'a dit :

— Où est-ce qu'il a mis sa cambuse, Mike ?

— J'en sais rien, j'ai répondu.

Hymie est reparti, mais je suis resté à une petite distance derrière lui, en me cachant dès qu'il tournait la tête.

Il a trouvé Mike dans une vieille écurie, sa cuisine en place, avec un grand feu qui ronflait. Sidney Borgstead épluchait des pommes de terre avant de les jeter à côté de lui dans un seau crasseux noirci par la fumée.

Hymie et le faon sont entrés dans l'écurie, je suis resté derrière la porte, d'où je pouvais voir à l'intérieur et écouter ce qu'ils se disaient.

— Sors d'ici ! le sergent Olmstead a beuglé. Le dîner sera pas prêt avant une heure.

— Sergent, a dit Hymie d'une voix apaisante, enjôleuse. J'ai une proposition à vous faire – juste de vous à moi.

— Ah ouais ? Et c'est quoi ? a répondu Mike, toujours méfiant.

Hymie a hésité un instant, comme gêné. Le faon moucheté explorait les recoins obscurs de l'écurie, réapparaissait de son pas gracile dans la lumière rougeoyante du feu, prétendait avoir peur d'une feuille ocre qui errait lentement sur le sol irrégulier.

— Vous avez déjà mangé du gibier ? il a fini par demander.

La bouche tordue et affaissée de Mike s'est entrouverte sous l'effet de la surprise.

— Putain, mon gars, tu veux pas dire que t'as l'intention de…

Il s'est arrêté, un peu choqué par ce qu'il n'osait pas formuler.

— J'ai faim, Hymie a répondu.
Et puis il a ajouté :
— Ça sera rien que pour nous deux, sergent. Vous en dites quoi ?
— Mais quand même, tu ferais pas ça ; pas maintenant, pas avec le faon qui s'est attaché à toi comme ça...
— Ben si. Pourquoi je le ferais pas ?
Mike s'est frotté son nez bosselé un moment. Il a fini par dire :
— Un ragoût, ça serait mieux. Un ragoût avec des petits oignons et des patates.
— C'est toi le chef, Mike. Moi, tout me va.
Alors Mike a ricané, comme s'il avait honte, et puis il a hoché la tête.
Hymie a sifflé, le faon s'est aussitôt tourné vers lui... La lueur du feu dorait la blancheur crème de son poitrail et donnait aux taches grises de ses flancs des reflets cuivrés plus profonds. Ses doux yeux bruns brillaient d'amour quand il s'est précipité vers Hymie White pour lui frotter son museau contre le genou et lui danser autour.
— File-moi donc ce couteau à pain ! a lancé Hymie à Mike Olmstead.

Soldat Robert Armstrong

L E rideau s'est ouvert et un secrétaire vêtu d'un uniforme sur mesure est monté sur scène. Derrière lui, on voyait les musiciens de l'orchestre assis en demi-cercle qui accordaient leurs instruments. Le secrétaire s'est incliné et nous a souri.

— Oh, je n'ignore pas que les soldats détestent les discours, il a dit, mais j'ai été mandaté pour vous souhaiter la bienvenue et il va donc bien falloir que je vous en fasse un de ces, hum, *putain de discours*!

Il a ri avec tact et, après s'être regardés, les hommes ont ri à leur tour. Il y a eu des applaudissements ici et là. Quand ils ont cessé, le secrétaire a repris.

— Vous m'accorderez, j'en suis sûr, que vous n'êtes jamais allés à un bal aussi étrange. Nous nous sommes même demandé au début comment organiser un bal sans représentantes du beau sexe. Certains d'entre nous ont suggéré d'inviter des jeunes filles d'ici, mais je suis heureux de pouvoir vous annoncer que cette proposition a été rejetée : nous avons pensé que ce ne serait pas correct vis-à-vis de jeunes gens bien comme vous.

La voix du secrétaire est devenue grave.

— Je suis certain que vous comprenez ce que je veux dire... mes amis!

Il y a eu un silence de quelques instants, puis le secrétaire a hoché la tête une ou deux fois avant de continuer.

— Pour finir, quelqu'un a eu l'heureuse idée d'inviter des jeunes gens appartenant aux diverses églises locales et de les déguiser en femmes, ce qui permettait de conserver la dimension de gymnastique du bal tout en en éliminant les aspects plus répréhensibles.

Les hommes se sont regardés, penauds. On a été quelques-uns à commencer à se diriger vers la sortie, mais le secrétaire nous a arrêtés.

— Mais attendez ! il s'est écrié en levant la main pour demander le silence. Nous vous avons préparé une autre surprise encore ! Parmi les "jeunes filles" présentes, deux seront véritablement des jeunes filles ! Elles ont fait tout le chemin depuis le Foyer du soldat de Coblence, et leur présence parmi nous donne un charme supplémentaire à notre soirée.

Une nouvelle fois, le secrétaire a souri et découvert ses dents étincelantes. Puis les portes en accordéon sur la droite se sont ouvertes et les hommes travestis sont entrés. Ils portaient des costumes divers et variés, mais les Colombine et les jeunes bergères dominaient. Ils restaient au centre de la salle, à dévisager les soldats alignés contre les murs qui eux aussi les dévisageaient.

Le secrétaire est remonté sur scène et a frappé dans ses mains.

— Mes amis ! Mes amis ! Allez-y, que la fête commence, je vous en prie ! Les présentations sont inutiles, je vous assure !

Quand on est rentrés, cette nuit-là, Jim Dunning a tout à coup dit quelque chose, comme si ça venait de lui traverser l'esprit.

— Au fait, les gars, vous les avez croisées, vous, les poulettes du Foyer du soldat dont il a parlé, le secrétaire ?

C'est Frank Halligan qui a répondu.

— J'ai pas dansé avec elles, mais c'étaient les deux, là, qui sont restées assises toute la soirée à côté des palmiers.

— C'étaient elles ? a demandé Jim tout surpris. Elle est bonne celle-là ; je me suis bien fait avoir. Moi qui croyais que ces deux-là étaient des muletiers de l'intendance !

Soldat Christian Van Osten

Tôt le matin du 4 juillet qui a suivi l'armistice, Mme Steiner a appelé l'hôpital. Avec son mari, ils étaient venus à Paris faire des achats pour leur chaîne de grands magasins et en ce jour de fête nationale ils avaient décidé de recevoir des soldats américains...

— Nous voulons des soldats blessés au combat, elle répétait à l'infirmière-major, mais rien d'horrible, vous entendez : rien de vraiment répugnant ou horrible !...

L'infirmière a donc désigné un gars du 1er régiment du génie surnommé "Bunny", un autre de la Rainbow Division, qui s'appelait Towner, et puis moi.

Quand la voiture est venue nous chercher, on était prêts, et un peu plus tard on était au Ritz dans la suite de M. Steiner. C'était un petit chauve nerveux, il passait son temps à sautiller partout comme un oiseau.

— On avait peur que vous fassiez les timides, les gars, que vous hésitiez à choisir certains plats pour nous éviter de raquer, alors on a déjà passé la commande, il a dit.

Comme personne répondait, il a continué en se frottant les mains.

— Allez-y, les gars, faites-moi casquer ! Je suis peut-être pas l'homme le plus riche des Etats-Unis, mais je peux quand même allonger un peu, ça va pas me ruiner.

— Adolph ! Mme Steiner l'a repris avec un petit rire et un hochement de tête. Adolph ! Arrête un peu de parler d'argent.

— Ben, est-ce que c'est pas vrai ? a demandé M. Steiner. Je suis un homme riche ; pourquoi il faudrait que je le cache ?

Un peu après, deux garçons d'hôtel apportaient le dîner et commençaient le service.

— Soulevez vos assiettes, a dit M. Steiner, et regardez voir ce que le père Noël vous a mis au pied du sapin.

Sous chaque assiette, il y avait un billet de cinquante dollars.

— Oh, non, dites, a bafouillé Bunny. Ça, je peux pas accepter!...

— Cachez-le donc vite dans votre poche, a dit Mme Steiner en faisant un clin d'œil. Il a des tas de petits frères, vous savez !

Le repas était excellent et chaque fois qu'un nouveau plat était servi M. Steiner nous disait ce que ça lui avait coûté.

— Mais je vais pas lésiner, aujourd'hui je veux que vous ayez le fin du fin, les gars. Vous avez connu l'enfer ici pour nous autres au pays, et moi je dis que, maintenant, rien n'est trop bien pour vous !

Le dîner était enfin terminé, on buvait un petit digestif.

— Et un cigare, ça vous tente ? M. Steiner a proposé.

Bunny et moi, on a dit qu'on préférait fumer une cigarette, mais Towner a accepté. M. Steiner a appelé le garçon d'hôtel pour lui demander de lui apporter la boîte à cigares qu'il trouverait sur le bureau dans la pièce d'à côté. Le garçon est allé chercher la boîte, et un instant plus tard il la présentait à Towner. Towner a pris un cigare, et juste au moment où il s'apprêtait à mordre une des extrémités, M. Steiner l'a arrêté tout affolé.

— Non ! Non ! il a crié très énervé au garçon d'hôtel. C'est pas la bonne boîte !

Towner a reposé le cigare et M. Steiner s'est approché pour prendre la boîte des mains du garçon.

— Ramenez-moi l'autre boîte, il a dit. Celle qui est sur le bureau, comme je vous l'avais demandé !

Et puis il s'est tourné vers Towner, en tapotant la boîte contre la paume de sa main.

— Ces cigares sont fabriqués spécialement pour moi, il a expliqué. Ils s'achètent pas en magasin.

— Adolph ! est aussitôt intervenue Mme Steiner. Enfin, Adolph !

M. Steiner a commencé à avoir l'air honteux.

— C'est pas parce qu'ils se vendent un dollar cinquante pièce, il a dit pour s'excuser, c'est pas ça du tout. Mais c'est que maintenant je peux plus rien fumer d'autre, et il me reste que trois boîtes jusqu'à mon retour aux États-Unis...

Il a posé la main sur l'épaule de Towner.

— Vous comprenez mon point de vue sur la question, non?

Towner a répondu que bien sûr, il comprenait tout à fait, et que ça lui allait impeccable de fumer un cigare de l'autre boîte. Il a dit que pour lui, l'une ou l'autre, ça faisait pas un poil de différence.

Soldat Albert Hayes

En plus du chocolat et des cigarettes qu'on nous vendait trois fois leur prix normal, le foyer proposait aussi une collection de chandails et de chaussettes tricotés. Il faisait froid dans les tranchées et je voulais un chandail à porter à même la peau pour me tenir chaud la nuit. J'en ai choisi un jaune qui avait l'air confortable et j'ai payé mes dix dollars au foyer. Quand j'ai regardé le chandail de près, une fois rentré au cantonnement, j'ai découvert dans le bas une minuscule poche tricotée avec un bout de papier glissé à l'intérieur. Et j'ai lu ça :

> Je suis une vieille femme miséreuse, j'ai soixante-douze ans et je vis à l'hospice, mais, comme tout le monde, je veux faire quelque chose pour nos garçons qui sont partis à la guerre, alors j'ai tricoté ce chandail pour donner aux dames du Secours aux soldats et l'envoyer à un petit gars qui attrape froid facilement. Pardonnez le vilain tricot et la vilaine écriture. Si vous attrapez froid à la poitrine, prenez une dose de bicarbonate de soude et frottez-la mélangée avec de la graisse de rognons de mouton et de la térébenthine, et surtout évitez bien tant que vous pouvez d'avoir les pieds mouillés. Avant je faisais du joli tricot mais maintenant je suis presque aveugle. J'espère que ce chandail ira à un garçon pauvre. Il n'est pas bien beau mais chaque maille j'y ai mis tout mon amour et c'est une chose qu'on ne peut ni acheter ni vendre.
> Votre très humble et très obéissante servante,
> (Mme) Mary L. Samford.
> P.S. N'oubliez pas de dire vos prières le soir et écrivez souvent à votre chère maman.

Soldat Andrew Lurton

Ils ont vu dans mon livret militaire que j'avais été greffier dans le civil, alors ils m'ont affecté à l'état-major du régiment où le lieutenant Fairbrother, agissant en qualité de représentant de la justice militaire, était procureur dans les conseils de guerre.

Le lundi, un gamin de ma compagnie du nom de Ben Hunzinger s'est pris quinze ans de travaux forcés pour désertion devant l'ennemi et un long laïus de maître Fairbrother sur la justice tempérée par la clémence. Le mardi, un bonhomme du 1er bataillon écopait de cinq ans parce qu'il avait abandonné son poste, à trente kilomètres des lignes, pour aller se réchauffer les pieds au dortoir. Le mercredi, c'était un dénommé Pinckney qui avait perdu la boule après Soissons et qui s'était tiré une balle dans le pied. Il a pris huit ans et demi... Pourquoi huit ans et six mois exactement ? J'ai jamais réussi à comprendre...

Et puis le jeudi et le vendredi, on a eu une grosse affaire qui a défrayé la chronique. Un sergent du nom de Vindt et un soldat du nom de Neidlinger ont été accusés d'avoir commis ensemble certains actes et condamnés, sans preuve et sur la seule parole d'un sergent, à la peine maximale autorisée par le code pénal militaire. Fairbrother est reparti dans un long laïus – ce type, il vous pond un discours à la moindre occasion – sur le fait que Vindt et Neidlinger salissaient la nationalité américaine, le drapeau, le foyer et tout le toutim. Il a regretté de ne pas pouvoir légalement ordonner de les faire abattre comme des chiens. J'ai tout pris en note... "Je n'aurais jamais cru que des choses pareilles existaient vraiment!" il répétait sans arrêt de sa belle voix mélodieuse... (Ben mon coco, tu ferais bien de retourner voir ta vieille nounou quand tu seras rentré au pays pour qu'elle t'explique deux ou trois choses, j'ai pensé.)

Mais l'affaire la plus drôle était réservée pour le samedi. L'homme qui passait au tourniquet s'appelait Louis de Lessio. On l'avait envoyé dans une école de formation des officiers, à l'arrière, mais il n'avait pas obtenu ses galons et pour une raison quelconque il avait été réintégré dans notre compagnie. Le sergent Donohoe l'avait apparemment désigné pour être de corvée de réparation des routes et il avait rapporté plus tard au capitaine Matlock que de Lessio avait refusé en disant : "Vous pouvez aller vous faire voir avec Fishmouth Terry ! Je n'ai aucune intention de servir tant qu'on ne m'aura pas donné mon grade."

De Lessio a nié avoir prononcé ces paroles. Il a déclaré qu'il avait dit en vérité : "Très bien, sergent Donohoe ; je serai ravi de participer à cette corvée, car j'ai conscience que je vais désormais devoir servir avec plus d'ardeur que jamais si je veux recevoir mon grade d'officier..." Le sergent Donohoe avait trente-deux témoins pour appuyer sa version, mais de Lessio avait trouvé trente-cinq gars qui avaient entendu ce qu'il affirmait avoir dit. Et ils se sont renvoyé la balle les uns les autres toute la journée et puis la moitié de la nuit.

J'aimerais que les types qui parlent de la noblesse et de la camaraderie de la guerre puissent assister à quelques conseils de guerre. Ils changeraient vite d'avis, parce que la guerre est aussi infecte que la soupe de l'hospice et aussi mesquine que les ragots d'une vieille fille.

Soldat Howard Bartow

Après mon tout premier séjour dans les tranchées, j'ai décidé que je n'y retournerais plus. Bien entendu, je n'avais pas du tout l'intention de déserter comme Chris Geils ou Ben Hunzinger : cette solution-là était de toute évidence aussi idiote que de monter en première ligne pour se faire trouer la peau. Ma tactique serait de garder les yeux bien ouverts et de me servir de ma tête.

En mai, j'ai su, avec ce que les Français nous disaient, qu'il se passait quelque chose, alors quand la consigne est arrivée que dans chaque compagnie il fallait un homme en entraînement pour le lancer de grenade, j'ai demandé qu'on m'inscrive. J'étais le seul candidat. Pendant que les copains retournaient au front, entassés dans des fourgons, moi je gagnais l'arrière confortablement installé dans mon camion. Quand j'ai retrouvé ma compagnie, les combats du bois de Belleau étaient finis et la poignée d'hommes qui avaient survécu était de nouveau à l'arrière loin des tranchées.

Ensuite, en juillet, c'était à la portée du premier imbécile venu de voir qu'une nouvelle offensive se préparait. Je me suis donc débrouillé pour que la caisse-secrétaire de campagne me tombe sur le pied pendant une corvée. Les trois semaines d'hôpital qui ont suivi ont été un vrai bonheur, et quand je suis revenu, Soissons appartenait au passé. Ça m'a amusé d'apprendre que ce con de Matlock avait chargé Steve Waller, son ordonnance, de préparer la convocation de plusieurs hommes devant le conseil de guerre pour blessures volontaires. Waller ne savait pas trop comment s'y prendre, alors je l'ai aidé avec ses dossiers pour qu'ils soient tous inattaquables. J'ai trouvé ça très drôle.

En septembre, j'étais au quartier général de la division comme interprète. Ils ont vite compris que mon français ne dépassait pas le niveau élémentaire et que je connaissais pas un mot d'allemand. Mais j'étais tellement penaud et plein de bonne volonté que les officiers d'état-major auraient été navrés de me renvoyer à ma compagnie. "T'as déjà passé assez de temps sur le front, ils m'ont dit, un peu de repos te fera pas de mal. Tu ferais quand même mieux de rester ici encore quelques jours et de rejoindre ta compagnie quand elle reviendra…"

Quand on est entrés en Argonne en novembre, là, j'ai bien cru que c'était foutu, mais je me suis porté volontaire pour communiquer un message au quartier général du régiment. En chemin, j'ai décidé de courir le risque. Pendant six jours, je suis resté planqué dans une cave aux Œillets, et quand j'ai rejoint ma compagnie à Pouilly, le lendemain de la signature de l'armistice, j'ai raconté que j'avais été capturé par des Allemands. Personne n'a douté de mon histoire parce que j'ai bien fait gaffe à me donner un rôle pas du tout héroïque et plutôt ridicule.

Pendant tout le temps où j'ai été sous les drapeaux, j'ai été pris dans un seul barrage. Je n'ai pas utilisé mon fusil une seule fois. Je n'ai même jamais vu un soldat allemand, à part quelques prisonniers à Brest dans un camp. Mais quand on a défilé à New York, personne savait que je n'avais pas vécu ce qu'avaient vécu les autres gars de la compagnie. Et moi aussi j'ai eu droit aux vieilles gâteuses qui versaient leur larme et aux roses lancées à la tête des combattants, au même titre que Harold Dresser, Mart Passy ou Jack Howie. Faut savoir se servir de sa cervelle dans l'armée si on veut survivre!

Soldat William Nugent

Le gardien m'a redemandé si je refusais toujours de voir l'aumônier.
— Et pourquoi je voudrais le voir ? que je lui ai demandé. Écoute bien, t'as tout intérêt à empêcher cet oiseau-là de venir par ici si tu veux lui éviter de se faire sonner les cloches ! Si y a un truc que je déteste encore plus que les flics, c'est bien les ecclésiastiques ! que j'ai dit.
Tout le monde dans la taule écoutait ce que je lui gueulais, au gardien.
— Je suis un dur, que j'ai fait. Ce flic, je l'ai buté. Ouais, c'est vrai. Est-ce que j'ai dit le contraire au tribunal ?... Et c'était pas le premier, en plus. J'en buterais même encore une dizaine, là, tout de suite, si ça se présentait... Rapporte-lui donc tout ça pour moi, à l'aumônier...
Le gardien est parti et puis au bout d'un moment la porte de ma cellule s'est ouverte, et voilà l'aumônier qui rapplique. Il avait une bible à la main, avec un ruban mauve dedans pour marquer sa page. Il se ramène tout doux, il ferme la porte derrière lui, deux gardiens restent dehors pour être bien sûrs que je l'esquinte pas.
— Repentez-vous, mon fils, et confiez votre âme à Dieu ! Repentez-vous et soyez sauvé avant qu'il ne soit trop tard !
— Foutez le camp ! que je lui dis. Dégagez ! Je veux rien avoir à faire avec vous !
— Vous avez péché, mon fils, qu'il répond. Vous avez péché devant Dieu Tout-Puissant... "Tu ne tueras point !" Ce sont les paroles mêmes de notre Seigneur...

— Écoutez, que je lui dis. Arrêtez votre chansonnette, là, je vais vous rire au nez. Je connais tous les couplets... Bien sûr que je l'ai crevé le cogne, que j'ai dit. Les flics, je les déteste ! Dès que j'en vois un, ça me fout en rogne et ça me monte à la tête. Je l'ai buté, ce flic, c'est entendu. Et pourquoi pas, hein ?... Qui ils sont, ces putain de vaches, pour forcer un bonhomme à faire des choses qu'il veut pas ?... Tiens, je vais vous raconter un gros coup que j'ai fait du temps que j'étais dans l'armée. J'étais jeunot, à l'époque, je croyais toutes ces salades que vous débitez. J'y croyais... Bref, un jour on a pris un petit groupe de prisonniers. C'était trop compliqué de les ramener à l'arrière, alors le flic de mon unité, il nous a ordonné de les emmener dans un fossé où on les a alignés et puis on leur a tiré dessus. Une semaine après ça, on était de repos au cantonnement, il a fait aligner la compagnie et il nous a tous envoyés à l'église écouter un oiseau de votre espèce nous déballer ses salades...

— Mon fils, qu'il a dit l'aumônier, c'est le dernier jour de votre vie. Vous ne comprenez donc pas ? Vous allez vous obstiner à refuser mon aide ?...

— Foutez le camp, que j'ai répété, et je me suis mis à le traiter de tous les petits noms que je connaissais. Foutez-moi le camp d'ici ! Si y a un truc que je déteste encore plus que les flics, c'est les ecclésiastiques !... Barrez-vous !

L'ecclésiastique a refermé sa bible et les gardiens ont rouvert la porte.

— Je crois que je lui ai bien sonné les cloches, à ce saligaud ! que j'ai dit. Il s'est bien fait rabattre son caquet !

Les autres gars de la taule ont commencé à taper contre les parois de leur cellule.

— Ça, c'était envoyé, gamin ! qu'ils criaient, il se le fera pas dire deux fois.

Et puis je me suis assis sur le bord de mon lit et j'ai attendu qu'ils viennent me découper une fente dans mon pantalon et me raser la tête.

Soldat Ralph Nerion

Pourquoi est-ce qu'ils ne m'ont pas nommé sous-officier ? Je connaissais le *Manuel du gradé d'infanterie* de A à Z. Je suis intelligent et j'ai une autorité naturelle : je pourrais commander une escouade, une section, même une compagnie, d'ailleurs. Est-ce que vous y avez seulement déjà pensé ? Est-ce que vous vous rendez compte que j'ai été de tous les combats auxquels ma compagnie a participé ? J'étais avec Wilbur Tietjen et Mart Passy dans la plupart de leurs exploits. Eux, ils ont eu la gloire et les décorations et ils se sont fait embrasser par des généraux français qui les ont cités en exemple devant le régiment. Mais moi, est-ce qu'on a reconnu ce que j'avais fait ? Ha, ha, ha ! Laissez-moi rire !...

Dès le début, ils ont eu une dent contre moi : le sergent Olmstead a donné la consigne à ses cuistots de me servir le morceau de bœuf le plus minable, les patates les plus minuscules, les plus sales. Jusqu'au fourrier qui avait une dent contre moi : quand il recevait de nouveaux souliers ou de nouveaux uniformes, jamais il ne pouvait trouver ma taille. Oh, non ! Surtout pas ma taille à moi : mais la même taille, il la trouvait sans problème pour Archie Lemon ou Wilbur Halsey !... Et c'est comme ça que je suis entré dans l'armée soldat et que j'en ressors soldat. Je me suis engagé inconnu et j'ai été démobilisé pareil, sans avoir été distingué. Je sais pourquoi, évidemment : je ne m'attendais pas à autre chose en fait...

Mes remarques à propos du gouvernement américain et du président Wilson ont été entendues, on les a répétées à

Washington, et depuis je me fais filer par des hommes du Secret Service chargés de la protection du président. Ils s'imaginent peut-être que j'ignorais que Pig Iron Riggin appartient au Secret Service ? Qu'il me surveillait de près dans l'espoir que je me trahirais ?... Dans l'armée, ça ne me dérangeait pas tant, mais maintenant que la guerre est finie, pourquoi est-ce qu'ils ne me laissent pas tranquille ? Pourquoi est-ce qu'ils n'arrêtent pas de me suivre jusqu'à chez moi et de m'appeler au téléphone et puis de me raccrocher au nez quand je réponds ? Pourquoi est-ce qu'ils écrivent des lettres à mon patron pour essayer de me faire renvoyer ? Quel est cet individu mystérieux à qui ma femme parle par le conduit d'aération ?... Je vous le dis, je ne vais pas pouvoir supporter cette persécution continuelle encore longtemps...

Soldat Paul Waite

Je me suis engagé le lendemain de la déclaration de guerre, mais mon frère Rodger, lui, est resté tranquille au pays à cause de la barbarie des Allemands, à vendre des Liberty Bonds pour financer la guerre et à faire des discours. Et puis ils ont fini par l'enrôler, alors il est venu en France juste à temps avant la signature de l'armistice pour aller deux jours au combat en Argonne. (À ce moment-là, ça faisait un an et demi que j'étais sous les armes, et presque huit mois que j'avais pas quitté le front.)

Le dernier jour des combats, Rodger s'est fait érafler l'épaule par une bille de shrapnel, enfin c'est ce qu'il a dit; de toute façon, c'était tellement petit comme blessure que la cicatrice se voyait à peine quand je suis revenu à la maison, pratiquement un an plus tard. Rodger, lui, avait été évacué dans un hôpital et puis rapatrié aux États-Unis. On lui avait fait une sacrée fête quand il était rentré au pays, le premier soldat démobilisé, tout le tralala. Il s'asseyait dans un fauteuil sous le porche pour jouer au héros blessé à la guerre, et là il parlait aux vieilles dames et il admirait les jeunes filles qui passaient.

Il se l'est coulée douce, Rodger, mais quand moi je suis rentré, tout le monde en avait soupé de la guerre.

— Allez, mon chéri, m'a dit ma mère, Rodger nous a tout raconté. Je sais que ça doit être douloureux de repenser à tout ça, tu n'as pas besoin d'en parler. Rodger nous a tout dit...

— Ah bon? j'ai demandé. Je voudrais bien savoir qui lui a raconté, tiens.

— Allons, Paul, ma mère a dit, tu es injuste avec ton frère.

Mais moi je voulais parler quand même. Pendant le dîner, ce soir-là, j'étais en train de raconter une attaque au gaz et Rodger m'a coupé.

— Non, il a dit, c'est pas comme ça que ça se passait.

Après, je parlais des avions qui rasaient la route pour arroser les soldats à la mitrailleuse.

— N'importe quoi, Rodger a dit. J'ai jamais vu ça quand j'étais en France.

— Comment t'aurais pu, tu veux me le dire ? j'ai répondu. T'as fait un voyage de trois jours. Qu'est-ce que t'as pu voir en si peu de temps !...

Rodger a tourné la tête, il s'est appuyé au dossier de sa chaise.

— S'il te plaît..., il a fait d'une voix étranglée.

Alors maman s'est précipitée vers lui pour le prendre dans ses bras et mes sœurs m'ont regardé d'un œil noir.

— T'es content maintenant, à cause de toi Rodger est de nouveau malade ! elles ont dit.

Je suis sorti de table et je suis allé dans ma chambre. Un peu plus tard ma mère était sur le pas de la porte.

— Tu devrais avoir plus de compassion pour ton frère, elle m'a dit. Tu sais, mon chéri, Rodger a été blessé !

Sergent Jack Howie

Les gens de Savannah nous ont vraiment bien traités. Ce jour-là, ils avaient organisé une soirée en notre honneur et toutes les demoiselles de la ville étaient là pour danser avec nous. Il y en a une, tout de suite, elle a eu le béguin pour moi. C'était la plus jolie fille de la soirée, en plus. Elle avait des yeux foncés, des cheveux bouclés foncés, et la peau blanche comme du lait. Sur sa joue gauche, presque sous le sourcil, elle avait trois grains de beauté marron qui formaient un triangle. Celui du haut était un petit peu plus gros que les deux autres, mais pas beaucoup. Quand elle m'a vu, elle est passée devant tous les autres gars pour venir droit vers moi et me demander de danser avec elle. Oh là là ! J'ai cru que je tombais à la renverse.

Quand je la tenais dans mes bras après, j'arrêtais pas de penser : Bon sang ! Si je te serrais vraiment fort, tu te casserais en deux tout net !... Je lui marchais sur les pieds et je lui cognais les genoux à tout bout de champ, mais la petite demoiselle disait que je dansais vraiment bien. J'avais l'impression d'avoir des rôtis de porc à la place des mains et je me sentais serré dans mon uniforme. Et puis on est sortis s'asseoir au clair de lune. Une fille aussi belle, ça, j'en avais jamais vu. Au début j'avais cru que ses yeux étaient marron, mais ils étaient pas marron du tout : ils étaient bleu foncé. Ses cheveux sentaient la violette. Je voulais la prendre dans mes bras, mais j'osais pas me lancer. J'arrêtais pas de penser : Oh là là, ce que tu pourrais bien aider un homme à la ferme !...

J'aime pas raconter ce passage mais au bout d'un moment elle a dit :

— Vous êtes le plus bel homme que j'ai jamais vu.
J'ai ricané comme un imbécile.
— Hé là, qu'est-ce que tu me chantes, mignonne ? je lui ai répondu.
J'aurais pu me botter le derrière. Non mais quel bouseux de lui dire ça ! j'ai pensé...
Mais la petite demoiselle a pas eu l'air de m'avoir entendu. Elle a posé les doigts sur ma joue.
— Voulez-vous être mon chevalier idéal, sans peur et sans reproche ?...
J'ai rien dit, mais voilà ce qui m'a traversé l'esprit : Elle parle comme ça parce que je porte un uniforme. Si elle m'avait d'abord vu en salopette dégoûtante en train de travailler à la ferme, elle m'aurait même pas adressé la parole. J'ai tourné la tête et je me suis assis bien droit... La belle châtelaine qui envoie un de ses petits paysans à la guerre ! j'ai pensé... Alors je me suis levé et j'ai bâillé.
— Dites pas de bêtises, j'ai dit...
Mais cette petite demoiselle dont je vous parle, elle s'est levée aussi. Elle a mis ses bras autour de mon cou et puis elle m'a embrassé sur la bouche.
— Ne m'oublie jamais ! elle a murmuré. Ne m'oublie jamais tant que tu vivras !
J'ai enlevé ses bras et j'ai éclaté de rire.
— Ne fais pas l'idiote, j'ai dit. Demain, je t'aurai déjà oubliée !...
Mais pendant toute la guerre, j'ai pensé à elle, et des centaines de fois j'ai imaginé mon retour à Savannah, je lui montrais ma médaille, je lui disais que j'avais été son chevalier du mieux que j'avais pu, que j'avais pas dit de gros mots, pas été avec des filles publiques, rien de tout ça. Mais quand la guerre a été finie pour de bon, je suis rentré direct à la maison et j'ai repris la ferme. (Ce qu'elle aurait bien aidé un homme à la ferme, ça, oui !) Puis je me suis mis à fréquenter Lois Shelling et pas longtemps après on s'est mariés. Lois et moi, on s'entend vraiment bien tous les deux.

Alors la demoiselle de Savannah, elle avait tort quand elle disait que je l'oublierais pas : je peux même pas me rappeler comment elle était.

Soldat Arthur Crenshaw

Q<small>UAND</small> je suis rentré chez moi, les habitants de ma ville ont déclaré une "journée Crenshaw". Ils ont décoré les rues et les magasins de drapeaux et de cocardes ; le matin il y a eu un défilé, ensuite des discours, et puis l'après-midi des grillades en plein air sous les chênes à Oak Grove.

Ralph R. Hawley, le président de la First National Bank and Trust Company, était le maître de cérémonie. Il a énuméré mes faits de guerre et tout le monde a applaudi. Puis il a montré mon dos déformé et ma gueule cassée, et l'émotion lui a brisé la voix. Je restais assis, amusé et mal à l'aise. Je ne me faisais aucune illusion. Les soldats ont pour ce genre de choses une expression vulgaire qui dit bien ce qu'elle veut dire et je me la répétais à voix basse.

Les réjouissances ont fini par se terminer et le maire en personne, M. Couzens, m'a conduit dans sa nouvelle automobile jusqu'à la ferme de mon père, à l'extérieur de la ville. Pendant mon absence, la ferme était tombée en ruine. Nous autres, les Crenshaw, on est des bons à rien, et tout le monde le sait. Le plancher était dégoûtant, il y avait de la vaisselle empilée dans l'évier, ma sœur Maude était assise sur le perron à manger une pomme et à regarder à moitié endormie un tas de nuages dans le ciel. J'ai commencé à me demander ce que j'allais pouvoir faire pour gagner ma vie, maintenant que les gros travaux de la ferme, je n'allais plus pouvoir les faire. J'ai réfléchi tout l'après-midi et pour finir l'idée m'est venue que je pourrais démarrer un élevage de poulets. Je suis allé chercher du papier et un crayon et j'ai fait mes calculs. Je suis arrivé à la conclusion que ce serait possible de commencer un petit élevage si j'avais cinq cents dollars pour acheter les bêtes et le matériel qu'il me fallait.

Cette nuit-là, pendant que je n'arrivais pas à dormir et que je me demandais comment j'allais pouvoir trouver cet argent, j'ai repensé au discours de M. Hawley qui avait dit que la ville avait une dette de reconnaissance envers moi pour ce que j'avais fait qu'elle ne pourrait jamais espérer rembourser. Et donc, le lendemain matin, je suis allé le voir dans son bureau à la banque pour lui parler de mes projets et lui demander de me prêter l'argent. Il a été très courtois et très aimable ; mais si vous croyez qu'il m'a prêté les cinq cents dollars, vous êtes aussi idiot que moi.

Soldat Everett Qualls

L'une après l'autre, mes bêtes sont tombées malades, et quand elles s'écroulaient une écume pleine de sang leur sortait de la gueule et des naseaux. Les vétérinaires se frottaient la tête, ils disaient qu'ils n'avaient jamais vu une chose pareille. Je savais ce qui n'allait pas, mais je le gardais pour moi, et puis tout mon bétail a enfin été mort. J'ai respiré, soulagé. J'ai payé pour ce que j'ai fait, j'ai pensé. Maintenant je peux tout recommencer à zéro. Mais à peu près à cette époque, un champignon a attaqué mon maïs, il avait déjà bien poussé et ses panicules se formaient : les nœuds des tiges se sont mis à sécréter un liquide qui en une nuit devenait rouille. Ensuite les feuilles vertes sont tombées, les tiges se sont desséchées et ratatinées... Ça aussi ! j'ai pensé, ça aussi, c'est exigé de moi !

Ma récolte était perdue, mon bétail mort. J'en ai parlé avec ma jeune épouse. Elle m'a embrassé et supplié de ne pas tant m'inquiéter.

— On va se débrouiller cet hiver, elle a dit. On recommencera tout au printemps. Tout ira bien.

J'ai voulu lui dire à ce moment-là, mais je n'ai pas osé. Une chose comme celle-là, je ne pouvais pas lui dire. Alors j'ai continué ma vie en espérant qu'Il avait oublié et que mon châtiment était levé. C'est là que mon bébé, jusqu'ici plein de force et bien portant, a attrapé mal. Je l'ai vu dépérir sous mes yeux, ses jambes et ses bras devenir violets, ses yeux vitreux et vides à cause de la fièvre, sa respiration courte et empêchée.

Il y avait longtemps que je n'avais pas prié, mais maintenant je priais.

— Oh, Dieu, ne faites pas ça, je L'implorais. C'est pas sa faute ; c'est pas la faute du petit. Moi, moi seul, je suis coupable. Punissez-moi si Vous voulez, mais pas comme ça !... Pas comme ça, mon Dieu !... Je vous en supplie !...

Dans la pièce à côté, j'entendais les râles de mon bébé qui n'arrivait pas à respirer ; j'entendais le bourdonnement de la voix du docteur, le tintement d'un instrument qui heurte du verre, les paroles inquiètes de ma femme. Et puis la respiration du bébé s'est arrêtée, ma femme a ravalé son cri de désespoir.

Je me suis frappé la poitrine et jeté à terre, et cette scène dans ma tête que j'avais essayé de détruire est revenue. Le sergent Pelton nous donnait le signal de tirer, les prisonniers tombaient, ils se relevaient, ils retombaient. Le sang dégoulinait de leurs blessures, ils se tordaient par terre comme moi maintenant sur le plancher... Un des prisonniers avait une barbe brune, une peau nette, tannée par le soleil. C'était un paysan comme moi, je l'avais reconnu, et debout au-dessus de lui j'avais imaginé sa vie. Lui aussi, il avait une femme qu'il aimait, une femme qui l'attendait quelque part. Il avait une ferme confortable et chez lui, les jours de repos, il buvait de la bière et il dansait...

Ma femme tapait à la porte, mais je ne pouvais pas la laisser entrer. Alors j'ai su ce que je devais faire. J'ai pris mon revolver de l'armée, escaladé la fenêtre, couru jusqu'au bosquet de chênes nains qui sépare ma terre. Quand j'ai atteint les arbres, j'ai mis le canon dans ma bouche et j'ai appuyé deux fois sur la détente. Un éclair de douleur et j'ai vu des vagues de lumière déferler vers le lointain, une immense nappe dorée qui rejoignait l'infini... J'ai quitté le sol et aussitôt j'ai été emporté, pieds devant, sur les flots de lumière dorée qui me ballottaient doucement. Et puis des bisons sauvages sont arrivés, j'ai entendu le grondement de leurs sabots me dépasser puis disparaître et j'ai tout à coup sombré dans une nuit où il n'y avait plus ni dimension ni bruit.

Soldat Harold Dresser

Le gouvernement français m'a décerné une croix de guerre avec palme, parce que j'avais rampé en plein tir de barrage jusqu'à un capitaine français blessé et son ordonnance et que je les avais sauvés. C'était en avril 1918. Ensuite, en juillet, j'ai détruit tout seul un nid de mitrailleuses qui empêchait notre progression et qui tuait beaucoup d'hommes, et pour ça on m'a donné à la fois la médaille militaire et la Distinguished Service Cross. En octobre j'ai reçu la Medal of Honor et c'est arrivé comme ça : on avançait derrière notre propre barrage, nos canons ont commencé à tirer trop court et les obus tuaient nos hommes ou les blessaient. Les communications par téléphone avec les batteries étaient coupées, alors je me suis porté volontaire pour signaler à l'état-major ce que faisait l'artillerie.

La première ligne allemande formait une grande poche sur notre gauche, et le chemin le plus court pour rejoindre l'état-major, c'était à découvert à travers un champ et après directement à travers les lignes allemandes. Le capitaine Matlock a dit que jamais je n'en sortirais vivant, mais moi je pensais pouvoir le faire facile, et dix minutes plus tard, j'étais au quartier général du régiment pour les rancarder.

Après la fin de la guerre, j'ai repris mon ancien boulot d'employé de la General Hardware Company, et j'y suis toujours. Dans ma ville, les gens me montrent du doigt à ceux qui sont pas du coin en leur disant : "Ce type est rentré l'uniforme couvert de médailles, vous l'auriez jamais deviné, hein ?" Et les gens qui sont pas du coin répondent toujours que c'est vrai, jamais ils l'auraient deviné.

Soldat Walter Webster

— C'était autre chose quand on venait de déclarer la guerre, que la fanfare jouait dans le kiosque de Jackson Park et que des jolies filles en tenue d'infirmière poussaient les hommes à s'engager pour défendre leur pays : c'était pas la même chose du tout à ce moment-là, c'était bien romantique...
Voilà ce que j'ai dit à la mère d'Effie quand elle est venue me demander de rompre les fiançailles.
— Effie t'épousera si tu insistes, sa mère a dit. Elle sait ce que tu as enduré. Nous le savons tous. Elle acceptera que le mariage ait lieu si c'est ce que tu veux.
— Oui, c'est bien ce que je veux ! j'ai répondu. On a fait un marché : elle avait promis de m'épouser si je m'engageais. J'ai honoré ma part du contrat. À son tour d'honorer la sienne.
La mère d'Effie a parlé lentement, elle veillait à choisir des mots qui ne risquaient pas de me blesser.
— Tu ne te rends sans doute pas compte à quel point tu... tu as changé, elle a dit. Effie est une jeune fille extrêmement sensible, à fleur de peau, et même si nous savons tous que tu n'as pas eu de chance et que ce n'est pas de ta faute si tu... tu es comme tu es aujourd'hui, néanmoins nous...
— Allez-y, dites-le ! j'ai coupé. J'ai un miroir. Je sais de quoi j'ai l'air, la face brûlée et complètement tordue sur le côté. Ne vous inquiétez pas, je sais encore de quoi j'ai l'air !
— Ce n'est pas du tout la question, Walter, sa mère a continué... Ce que nous souhaitons simplement, c'est que tu viennes de toi-même dire à Effie que tu la libères de sa promesse.

— Non, je ne le ferai pas, j'ai répondu. Pas tant que je vivrai.

Mme Williams s'est levée et est allée jusqu'à la porte.

— Tu es très égoïste, et très inconséquent, elle a dit.

J'ai posé la main sur son bras.

— Elle finira bien par s'habituer à moi. Au bout d'un moment elle ne remarquera même plus ma tête. Je serai tellement gentil avec elle qu'elle sera forcée de recommencer à m'aimer.

Quel idiot. J'aurais dû savoir que Mme Williams avait raison. Je n'aurais pas dû aller jusqu'au bout. Je revois la tête d'Effie, maintenant. Je revois sa tête ce soir-là, quand on s'est retrouvés seuls pour la première fois dans notre chambre, dans cet hôtel de Cincinnati. Comme elle tremblait, et elle se cachait le visage dans les mains parce qu'elle ne pouvait pas supporter de me regarder. Faut que je m'habitue à ça, je me répétais. Faut que je m'y habitue…

Je me suis approché d'elle, mais je ne l'ai pas touchée. Je me suis agenouillé, j'ai appuyé ma joue contre ses genoux… Si elle avait seulement posé sa main sur ma tête ! Si elle avait seulement prononcé une parole bienveillante !… Mais non. Elle a fermé les yeux et elle s'est rétractée. J'ai senti les muscles de ses cuisses se raidir de dégoût.

— Si tu me touches, je vomis, elle a dit.

Soldat Sylvester Keith

J'EN suis sorti plein de colère et de ressentiment, convaincu qu'une chose comme ça ne pouvait plus jamais se reproduire. Il me semblait que si on arrivait à faire comprendre aux gens l'horreur de la guerre dans toute son absurdité, si on pouvait leur montrer les faits dans toute leur brutalité et leur bêtise, alors la prochaine fois qu'une assemblée de politiciens déciderait à leur place que leur honneur avait été bafoué, ils refuseraient de s'entretuer. J'ai donc fondé la Société pour la prévention de la guerre et j'ai réuni autour de moi cinquante hommes jeunes et intelligents qui, à mon avis, auraient une grande influence dans les années à venir. Les gens ne sont pas fondamentalement bêtes ou méchants, je pensais, ils sont simplement ignorants ou mal informés. Ils ont besoin qu'on les éclaire, c'est tout.

Tous les jeudis, notre groupe se retrouvait au même endroit. Ils posaient énormément de questions sur la façon de manipuler une baïonnette et la manière de lancer une grenade à main. La généralisation des attaques au gaz sur toute la longueur d'un front les choquait et ils s'indignaient de la brutalité des lance-flammes, qui leur demeurait incompréhensible.

J'étais content de moi et fier de mes élèves. Je me disais : Je sème dans l'esprit de ces jeunes gens bien une telle haine de la guerre que le moment venu ils se lèveront sans crainte et sans honte pour proclamer la vérité. Mais à peu près à ce moment-là, quelqu'un a commencé à constituer une compagnie de la garde nationale dans notre ville et mes disciples, soucieux de protéger leur pays contre les horreurs que je leur avais décrites, ont déserté ma société pour s'engager comme un seul homme.

Soldat Leslie Jourdan

Après la fin de la guerre, je suis allé m'installer à Birmingham, dans l'Alabama, où j'ai investi dans une usine de peinture l'argent que mon père m'avait laissé pour finir mes études de musique. J'ai rencontré Grace Ellis, qui m'a épousé. Nous sommes propriétaires de notre maison et nous avons trois enfants merveilleux et en bonne santé. Nos économies, des placements sûrs, sont suffisantes pour nous permettre de vivre confortablement jusqu'à la fin de nos jours. L'un dans l'autre, j'ai réussi au-delà de la moyenne et Grace, qui m'aime vraiment, est une femme heureuse.

J'avais presque oublié avoir un jour joué du piano quand je suis tombé sur Henry Olsen dans le hall du Tutweiler Hotel. Il m'a expliqué qu'il était en tournée dans les grandes villes du Sud pour une série de récitals et qu'il avait eu des critiques élogieuses dans tous les endroits où il s'était produit. Olsen et moi, on avait étudié ensemble à Paris avec Olivarria bien des années avant, en 1916, quand on était encore gamins tous les deux.

Henry n'en revenait pas que j'aie abandonné le piano. J'essayais de le faire changer de sujet, mais il y revenait sans cesse, il me rappelait qu'Olivarria affirmait (il est mort maintenant) que j'avais à moi seul plus de talent que tous ses autres élèves réunis et qu'il prédisait que je serais le grand virtuose de mon époque.

Je riais et j'essayais encore une fois de changer de sujet. J'ai commencé à raconter la réussite de mon entreprise de fabrication de peinture, mais Henry continuait à me harceler de questions et à m'engueuler d'avoir abandonné la musique, alors j'ai fini par devoir le faire. J'ai sorti les mains de mes poches et je les ai posées sur son genou sans rien dire. Ma main droite est ce qu'elle a toujours été, mais l'autre a été détruite par un éclat d'obus. De ma main gauche, il ne reste qu'un pouce étiré et deux mamelons rabougris de chair sans os.

Avec Henry, après ça, on a parlé de la fabrication des peintures et de la réussite de mon entreprise, jusqu'au moment où il a été temps pour lui de partir pour son récital.

Soldat Frederick Terwilliger

Une nuit où on était dans un secteur tranquille, près de Verdun, Pig Iron Riggin est venu me chercher dans l'abri pour m'envoyer faire la sentinelle jusqu'au lever du jour. Quand je suis arrivé à mon poste, je suis monté sur la banquette, histoire de sortir la tête de la tranchée et de respirer un bol d'air. J'étais encore à moitié endormi, à ronchonner tout seul, je me rappelle, et j'ai bâillé juste au moment où je dépassais la tête. Là, j'ai ressenti une douleur puissante et je me suis retrouvé la bouche pleine de sang. Une balle perdue venait de me traverser les deux joues sans me toucher la langue ni rencontrer une seule dent sur son passage.

Le médecin de la base, c'était vraiment un type bien. Quand je lui ai raconté comment ça s'était passé, il a éclaté de rire et il s'est tapé la cuisse.

— Tu sais ce que je vais te faire, gamin ? Je vais te fabriquer la plus jolie paire de fossettes de l'armée ! il a dit.

Je me suis marié pas très longtemps après avoir quitté le régiment. Ma femme aime bien avoir du monde à la maison, alors une ou deux fois par semaine elle propose à des voisins de venir jouer au bridge ou juste écouter tranquillement la radio. Un soir, elle avait invité Ernie et Flossie Brecker, et Flossie a dit :

— Quel dommage, vraiment, que le bon Dieu ait donné ces belles fossettes à M. Terwilliger plutôt qu'à moi.

Flossie Brecker a un cou assez long et des yeux bleu très clair, ronds comme des yeux de grenouille, et j'ai imaginé tout à coup sa tête en train de sortir d'une tranchée au ralenti. Alors

là, oui, ça m'a tellement fait marrer que j'ai plus su où on en était dans les cartes et il a fallu redistribuer. Ma femme a dit :
— Faites pas attention aux bêtises de Fred ; ça ne peut que l'encourager à en rajouter ! Moi aussi, j'aimerais bien avoir des fossettes comme ça.

Soldat Colin Wiltsee

Venez les enfants, rapprochez-vous pour qu'on ne dérange pas les autres groupes, je vais vous raconter une très belle expérience à laquelle le passage de la Bible que nous avons lu aujourd'hui me fait penser… Herman Gladstone et Vincent Toof étaient "frères d'armes", comme on disait au front. Herman, tout le monde l'appelait affectueusement "Hermie", était très différent de Vincent Toof! Hermie, qui avait "un cœur d'or", disait pourtant des gros mots et faisait des tas de choses qu'il n'aurait pas dû faire, alors que Vinnie, lui, était profondément croyant et avait toutes les belles qualités que j'essaie de vous inculquer, mes enfants. L'amour de la patrie, la religion, tout ce qui pour nous est sacré, Hermie s'en moquait; mais Vinnie, qui soupçonnait son "frère" d'être meilleur qu'il ne le laissait paraître, avait décidé de le conduire jusqu'à Dieu malgré lui…

Un jour où nous étions dans les tranchées près de Saint-Étienne, un obus est tombé sur des hommes en train de jouer aux cartes pour de l'argent; parmi eux se trouvait Hermie Gladstone. Un éclat de l'obus a touché Hermie de plein fouet et il ne faisait aucun doute qu'il allait bientôt "comparaître devant son Créateur". Dès qu'il l'a su, Vinnie est aussitôt accouru. Il tenait une bible à la main et, quand il s'est trouvé près de son frère, il s'est agenouillé à ses côtés et s'est mis à prier et à l'implorer d'accepter que Jésus-Christ soit son Sauveur. Au début, Hermie n'a rien voulu entendre : son cœur n'était qu'amertume. Il se répandait en jurons et en insultes, il suppliait ses camarades d'éloigner Vinnie; mais à mesure que

Vinnie lui parlait et qu'il continuait de lui décrire le supplice éternel des feux de l'Enfer auquel Dieu condamne tous les pécheurs, Hermie s'est mis à changer d'attitude et il a compris qu'il ne regretterait pas de donner sa vie pour son pays : il s'est rendu compte qu'il n'existait pas de sacrifice plus noble. Un sentiment de paix a gagné Hermie. Il a répété les mots que Vinnie lui disait et il a accepté Jésus-Christ dans son cœur, là, sur le champ de bataille, et quelques minutes plus tard il mourait dans Sa miséricorde et Son amour... Debout, le chapeau à la main, la tête inclinée, les autres hommes contemplaient le miracle de la conversion de Herman Gladstone. Pas un seul d'entre eux n'avait les yeux secs ; mais leur émotion était virile et bien naturelle, et ils n'avaient pas honte de leurs larmes !

Bien, j'entends le directeur qui signale que les autres groupes ont fini, mais avant que nous nous rassemblions tous dans la salle de catéchisme, je voudrais, mes enfants, que vous pensiez à la belle mort de Hermie Gladstone. Un jour, ce sera peut-être à votre tour d'être appelés à défendre votre patrie et votre Dieu ! Quand ce jour viendra, souvenez-vous que notre vie ne nous appartient pas, mais qu'elle appartient au Créateur de l'univers et au président Hoover et que nous devons toujours nous soumettre à leur volonté, sans poser de questions !...

Soldat Roy Howard

J'ai rencontré Sadie quand j'étais en perme à Baltimore et, bon Dieu, je suis tombé dingue d'elle! Elle faisait des trucs gentils comme j'avais jamais vu, par exemple elle vous embrassait un bonhomme quand il s'y attendait pas, ou elle lui collait la figure contre sa poitrine et puis elle vous passait les doigts dans les cheveux. Elle éclatait de rire et elle disait: "Tu l'entends, mon petit cœur qui bat rien que pour toi, mon beau soldat?"

Elle comptait pas vraiment que je l'épouse, mais je l'ai fait quand même. Ça me paraissait pas bien, sans ça: et puis de toute façon je pouvais pas supporter qu'elle reste seule et sans protection. Quand je suis rentré à la caserne, j'ai fait en sorte que toute ma solde lui soit versée à elle. J'étais content de le faire; je l'aimais et je voulais que ça soit pour elle. Les copains me traitaient de rapiat et ça, ça me faisait plus mal que de pas avoir d'argent pour les cigarettes ou le pinard, mais je prenais tout ça tranquille.

J'ai écrit à Sadie aussi souvent que je pouvais et j'ai eu de ses nouvelles une ou deux fois, mais quand j'ai été rendu à la vie civile je savais pas où elle était. J'ai essayé de la retrouver par les versements, mais elle avait déménagé et j'ai pas réussi. Tout ce que j'ai pu apprendre, c'est ce que la proprio m'a dit, et c'est que Sadie avait habité là avec un chauffeur de taxi et qu'elle avait dépensé mes versements pour l'entretenir. La proprio a dit que, à son avis, Sadie faisait le tapin maintenant. Alors j'ai repris mon ancien boulot de monteur, et puis j'ai essayé de l'oublier.

Je suis un homme, comme n'importe quel autre bonhomme, et évidemment au bout d'un moment j'ai rencontré une petite Italienne qui s'était fait flanquer à la porte par ses parents et qui était vraiment dans un sale pétrin, c'était rien de le dire; il a pas fallu longtemps avant qu'on s'installe tous les deux dans Bleecker Street. Elle était pas aussi gentille que Sadie, mais je l'aimais bien et on s'entendait bien tous les deux, sans se disputer ni rien. Mais ça m'allait pas de vivre avec elle comme ça: j'avais l'impression de faire le sournois, alors un jour je lui ai proposé qu'on se marie. Ben là, Mary (c'est comme ça qu'elle s'appelait, Mary), elle s'est mise à pleurer et elle m'a embrassé et on s'est mariés.

On a vécu ensemble mari et femme pendant trois ans et on a eu deux gosses, tout ça sans se cacher ni rien, et puis un jour j'ai rencontré Sadie dans la 14e Rue. Elle était toujours aussi gentille et adorable qu'avant, même si ça faisait pas de doute qu'elle racolait, maintenant. Elle m'a tout de suite reconnu et elle a voulu se tirer, mais je l'ai empêchée et je lui ai dit que pour moi c'était vraiment sans rancune entre nous. On est allés dans un drugstore boire un soda. J'ai dit: "Je me souviens que t'aimes que le chocolat", et elle a dit: "Tu te souviens de ça après tout ce temps?" J'ai rigolé et j'ai répondu: "Oh, oui, ça, je m'en souviens."

Sadie m'a expliqué où elle habitait et elle m'a demandé de passer la voir un de ces soirs. "Pas question, j'ai dit. Je suis marié et on est heureux avec ma femme. Ça serait pas bien que je fréquente des filles publiques maintenant." Sadie a tendu le bras et elle m'a tapoté la main bien gentiment, comme elle faisait avant. Elle avait les larmes aux yeux. "C'est vrai", elle a dit. Et puis elle m'a posé des questions sur Mary. Elle espérait que j'avais épousé une bonne fille qui me rendrait heureux. Elle a voulu savoir où j'habitais, je lui ai dit, et elle a écrit l'adresse à l'intérieur d'une pochette d'allumettes. Et puis elle a serré ma main dans la sienne et elle s'est essuyé les yeux. J'avais de la peine pour elle; elle avait l'air tellement seule et sans défense en s'en allant. J'ai couru après elle pour la rattraper et je lui ai pris la main. "Si jamais je peux faire quoi que ce soit pour toi, faut que tu me dises", je lui ai dit. Elle a fait non de la tête.

Ça, c'était le mercredi. Le vendredi matin, je prenais mon petit déjeuner chez moi quand deux policiers sont venus m'arrêter pour bigamie ; et sur le banc des témoins, Sadie pleurait dans son mouchoir et m'envoyait en prison pendant cinq ans.

Soldat Theodore Irvine

On aurait pu croire au début que c'était une blessure superficielle sans importance, mais elle ne guérissait pas et l'os a fini par s'infecter. On m'a donc amputé le pied dans l'espoir d'arrêter l'infection et, pendant un temps, on a pu croire que ça avait marché. Et puis, quand l'espoir commençait à me revenir, l'os a recommencé à s'abîmer et il a fallu refaire une opération. Après, ça n'a plus cessé, rien ne pouvait empêcher l'os de pourrir. Morceau par morceau, au bout de six ans on m'avait scié la jambe jusqu'au genou. J'ai dit: "Quand ils enlèveront la rotule, la gangrène s'arrêtera!" Mais elle a repris, au-dessus de l'articulation, et à mesure que la pourriture gagnait ma cuisse, les médecins sciaient de plus en plus haut...

Depuis dix ans, je suis un quartier de bœuf sur un billot de boucher. Je ne me rappelle même plus comment c'est d'échapper à la douleur. Tout le monde s'étonne de la bonne volonté avec laquelle j'endure les souffrances atroces qui sont les miennes jour et nuit. Ma mère et ma femme ne supportent plus de me voir souffrir. Les médecins eux-mêmes ne le supportent plus : ils laissent des doses supplémentaires de morphine à mon chevet, conseil silencieux que je refuse de suivre.

Il est impossible que j'aille mieux, mais j'ai l'intention de vivre aussi longtemps que je pourrai. Rien que rester allongé ici, respirer, être conscient de la vie autour de moi, ça me suffit. Rien que bouger les mains et puis les regarder en pensant : Vous voyez, je suis vivant, je bouge les mains, ça me suffit. J'ai l'intention de vivre aussi longtemps que je pourrai et de me battre jusqu'à mon dernier souffle... Les souffrances suprêmes de l'enfer valent mieux que la liberté du néant!

Soldat Howard Virtue

Pendant une semaine j'ai entendu des obus qui tombaient... des obus qui tombaient et encore des obus qui tombaient... qui explosaient tellement fort qu'ils ébranlaient les parois de l'abri. Ils ébranlaient les parois de l'abri... ils secouaient les caillebotis couverts de givre. J'ai commencé à avoir peur de mourir avant d'avoir élucidé le sens de ma vie. J'ai pensé : Si je me sers de ma tête, je peux me sortir de là ! Je me suis rappelé une histoire drôle, un homme qui courait partout pour ramasser des petits bouts de papier. Chaque fois, il observait son papier et puis il le jetait vite en disant : "Non, c'est pas le bon !" Les médecins l'ont donc déclaré mentalement inapte et ils l'ont réformé. Quand ils lui ont tendu son certificat d'exemption, il l'a examiné attentivement pour vérifier que tout était en ordre. Et là, d'un air triomphant, il a souri au médecin en disant : "C'est bien le bon, cette fois !" Je vais faire la même chose, je me suis dit. Ma vie a trop de valeur pour être gâchée sur un champ de bataille. J'ai grimpé par-dessus la crête de la tranchée et je me suis mis à ramasser des feuilles mortes en parlant tout seul à toute vitesse tout le temps. Le sergent Donohoe est venu me chercher et il a su me convaincre de rejoindre nos lignes.

À l'hôpital, j'ai eu peur que les médecins, ces rusés, découvrent mon stratagème, mais je les ai dupés eux aussi. On m'a transféré aux États-Unis, et ensuite interné dans cette maison de fous. Et voilà l'ironie de la situation : je ne peux pas obtenir ma liberté, bien que je sois aussi sain d'esprit que n'importe quel homme en vie.

Vous êtes un homme juste, alors permettez-moi de vous poser une question : Comment puis-je proclamer la gloire de mon cousin Jésus, comment puis-je le baptiser dans le Jourdain, si on me tient enchaîné dans cette geôle ? Comment puis-je m'élever contre les amours incestueuses d'Hérodiade ou me soumettre enfin quand cette catin de Salomé accomplira mon destin... et remuera les reins pour obtenir ma tête ? Comment puis-je faire ces choses quand mes paroles meurent sans écho contre le capitonnage de ma cellule ?

Des cymbales s'entrechoquent et des lances et des soldats qui jurent et qui tirent au sort et dans les fleuves le sang coule des piques qui détruisent la vie et qui la créent... Qui ébranlent tout !... Ébranlent tout !... Et des seins blancs aux tétons roses marchent magnifiquement sur les ruines et toujours des obus qui tombent... des obus qui tombent et encore des obus qui tombent... qui explosent tellement fort qu'ils ébranlent les parois de l'abri... Et moi qui hurle dans le désert... Qui hurle sans personne pour m'écouter...

Je leur ai dit et répété pourquoi il était nécessaire que l'on me sorte de cette geôle, mais les gardiens se contentent de me regarder fixement et continuent de mastiquer leur chewing-gum en ouvrant et refermant leurs mâchoires avec une lenteur à rendre fou.

Soldat Leslie Yawfitz

Après le dîner, je débarrasse la table et je fais la vaisselle, pendant que ma sœur s'assied dans un fauteuil et me raconte sa journée au bureau ou bien lit le journal du matin à voix haute. Un soir, elle est tombée sur un article qui disait qu'en France, l'Académie des sciences avait rendu hommage au savant allemand Einstein et lui avait décerné un genre de titre honorifique. Des tas de discours avaient été prononcés sur les anciennes blessures qui se refermaient, les mains tendues par-delà les frontières, la confiance et le respect mutuels, les malentendus, etc. Il y avait aussi une photo de la cérémonie et ma sœur l'a décrite.

— Si tout était une erreur et un malentendu, alors à quoi ça a servi de se battre ? j'ai demandé.

J'ai posé le torchon et je suis allé à tâtons jusqu'à la table.

Ma sœur a poussé un gros soupir de fatigue sans me répondre.

— Puisque tout le monde se fait des excuses et des putain de politesses, j'ai continué, je pense que quelqu'un devrait se fendre d'une bafouille et m'écrire sur son joli papier à lettres rose : "Cher Monsieur Yawfitz, Veuillez nous pardonner de vous avoir bousillé les yeux. C'était une erreur, soyez-en assuré. Nous espérons vivement que la gêne occasionnée est minime."

— Ne sois pas amer, Leslie, a dit ma sœur.

— Je sais, j'ai dit, je sais.

— Ne sois pas amer, Leslie. S'il te plaît, ne sois pas amer.

Je suis retourné à l'évier et j'ai fini d'essuyer la vaisselle.

Soldat Manuel Burt

Je m'en souviens aussi clairement que si c'était arrivé hier, et pas il y a trois ans. C'était le 2 octobre 1918, ma compagnie se tenait en réserve pas loin d'une ville bombardée, on était montés au front la nuit d'avant et on avait creusé nos tranchées. Un peu avant l'aube, le sergent Howie est venu jusqu'au trou où on dormait avec Clarence Foster et il a commencé à me donner des coups de crosse dans les pieds. Je me suis retourné, assis, et quand le sergent a vu qui j'étais, il a eu l'air déçu.

— Je cherche O'Brien, il a dit. Le lieutenant Fairbrother veut envoyer des rapports à l'état-major.

Et puis il a ajouté :

— Bon Dieu ! Ce clairon, pas moyen de lui mettre la main dessus quand on le cherche...

Le ciel était toujours sombre, mais vers l'est il devenait déjà un peu gris. Là, le caporal Foster s'est réveillé et s'est frotté les yeux. Il a commencé à vouloir parler, mais il a changé d'avis. Il s'est retourné sur le ventre, il a croisé les bras sous sa tête pour se faire un oreiller et il s'est rendormi. Je me suis recouché aussi, mais quelques secondes plus tard, le sergent tapait de nouveau dans mes brodequins.

— Allez ! Sors de là ! il a dit. Allez ! Tu feras l'affaire !

Je me suis redressé et j'ai maudit la compagnie mais Howie ne se sentait pas concerné.

— Allez, Burt ! il a redit. Le lieutenant attend... Allez, bouge-toi de là !

Alors je me suis levé et j'ai suivi le sergent vers l'arrière, jusqu'à une grange où le lieutenant Fairbrother et Pat Boss, l'adjudant-chef, attendaient. L'adjudant-chef m'a tendu les rapports et donné les instructions.

— T'as intérêt à avoir ton fusil chargé et pas de cran de sûreté, il a dit. Il y a pas de ligne dans les bois, tu pourrais bien croiser une patrouille allemande.

— Très bien, j'ai répondu.

— Vous avez aussi intérêt à ajuster votre baïonnette, le lieutenant Fairbrother a dit.

Et puis il a ajouté :

— Je vous l'ai déjà répété des milliers de fois que vous devez tous avoir vos baïonnettes au canon quand on est au front... Des milliers de fois !...

Sa voix était aiguë et tendue, on aurait dit qu'il allait défoncer le bureau de campagne.

J'ai sorti ma baïonnette et je l'ai ajustée au canon de mon fusil.

— Oui, mon lieutenant, j'ai répondu.

Quand je suis sorti de la grange, le gris gagnait le ciel mais il ne faisait pas encore assez jour pour être vu, alors j'ai coupé à travers un ancien champ de bataille éventré par les entonnoirs et recouvert d'herbes folles pour rejoindre la route de Sommepy, mais je gardais les yeux et les oreilles bien ouverts. Ensuite, j'ai quitté la route pour prendre un raccourci dans les bois et je me suis mis à faire plus attention en marchant. Je commençais à me sentir mieux. Je me souviens, j'ai pensé qu'il ne me manquait plus qu'une tasse de café pour me sentir vraiment bien. Il a fait jour presque aussitôt ; même sous les arbres, une clarté grise perçait. La solitude et le calme régnaient dans le bois et je me sentais coupé de tout, complètement isolé. Assez vite, j'ai trouvé un sentier qui allait dans ma direction et je l'ai suivi, je pensais à tout un tas de choses, et puis le sentier a tourné et, là, sur un côté du chemin, il y avait un soldat allemand. Assis contre un arbre, il mangeait un morceau de pain noir. Je l'ai observé un moment d'où j'étais. Le pain se défaisait dans ses mains, et chaque fois il se baissait pour ramasser les miettes qui tombaient par terre. J'ai remarqué qu'il n'avait pas de fusil avec lui, mais il portait des armes de poing. Je restais là sans savoir quoi faire. Au début j'ai pensé à revenir sur mes pas discrètement et, le virage passé, à couper à travers bois sur la droite, mais on aurait pu croire que j'étais lâche.

J'étais toujours là, à tripoter mon fusil, quand l'Allemand a tourné la tête et m'a vu en train de l'observer. Il est resté assis à me dévisager, comme paralysé, la main arrêtée dans le geste de porter une miette à sa bouche. Il avait des yeux marron, j'ai remarqué, et la peau d'un mat doré presque de la couleur d'une orange. Ses lèvres étaient charnues et très rouges, et il essayait de se faire pousser la moustache. Elle était marron foncé, fine comme les soies du maïs, mais les poils n'avaient pas poussé de façon régulière. Et puis il s'est levé et on est restés face à face à se regarder pendant longtemps, il m'a semblé, comme si ni l'un ni l'autre on arrivait à décider quoi faire.

C'est là que je me suis rappelé ce qu'on nous avait dit sur les Allemands au camp d'instruction, et j'ai commencé à lui en vouloir. Il commençait à m'en vouloir, lui aussi, je l'ai bien vu. Tout à coup, il a laissé tomber son morceau de pain dans les feuilles pour attraper son pistolet, et au moment où je levais mon fusil, il a levé son arme, mais c'est moi qui ai tiré le premier. Je me répétais : Non mais est-ce qu'il croit que ce sentier lui appartient ? Est-ce qu'il croit qu'il peut m'obliger à me débiner dans les bois comme si j'avais peur de lui ?...

L'Allemand avait sauté derrière un arbre et il me vidait son chargeur dessus. Ses balles touchaient près, elles faisaient gicler l'écorce au-dessus de ma tête. Et puis quand il n'a plus eu de munitions, il a voulu s'enfuir dans les bois, et là je me suis laissé tomber sur les genoux, j'ai bien visé et je l'ai eu entre les omoplates. Il s'est abattu face contre terre de tout son long, il s'est remis debout en trébuchant, il s'est tourné vers moi. Sa tête avait peur et ses yeux clignaient. Je lui ai envoyé ma dernière balle et il s'est affalé encore une fois. Il a encore essayé de se remettre debout et il a cherché à m'attaquer avec un couteau de tranchée, mais je me suis précipité sur lui et quand il a levé le menton, je lui ai donné ma baïonnette. Je l'ai frappé par en dessous et la baïonnette lui a traversé le palais jusqu'au cerveau. Il a poussé un râle, il était mort avant d'avoir retrouvé le sol.

Debout au-dessus de lui, j'essayais de dégager la baïonnette, mais elle ne voulait pas sortir. J'ai posé la semelle cloutée de mon brodequin sur sa figure pour tirer de toutes mes forces sur la baïonnette, mais mon pied glissait tout le temps et déchirait la chair de son visage. J'ai fini par enlever la baïonnette de mon fusil. Et là, je me suis mis à courir sur le sentier aussi vite que je pouvais. J'ai atteint la lisière du bois et je me suis caché dans des broussailles jusqu'à cesser de trembler. Quand j'ai été plus calme, j'ai remis les rapports à l'état-major et j'ai parlé aux estafettes qui se trouvaient là de l'Allemand que j'avais tué dans les bois. Tout le monde s'est emballé et on n'arrêtait plus de me demander de raconter ce qui s'était passé. Je ne voulais pas le revoir étendu en travers du chemin en rentrant, mais je me suis dit : Je n'ai pas à me reprocher ce qui s'est passé. C'est lui qui m'aurait tué si je l'avais pas eu avant.

J'ai encore essayé de dégager ma baïonnette, mais je ne pouvais plus poser mon pied sur sa figure. Là, debout au-dessus de lui, j'ai commencé à me sentir euphorique et à rire. Bon, ça fait au moins un Fritz qui fera plus de mal à personne, j'ai dit. Et puis j'ai pris en souvenir une bague qu'il avait au doigt. Je l'ai passée au mien, je l'ai tournée et retournée à mon doigt…

— Cette bague vient du tout premier homme que j'ai tué, j'ai dit, comme si j'avais eu un public devant moi…

Mais avant d'avoir rejoint le front, j'avais enlevé la bague et je l'avais jetée dans les broussailles… Je n'aurais pas dû mettre cette bague, j'ai pensé, elle va nous lier à jamais.

Je me souviens que tout ça s'est passé le 2 octobre parce qu'on a attaqué le lendemain et ça, d'après les chroniques officielles, c'est arrivé le 3 octobre. Je repensais tout le temps à ce soldat étendu en travers du chemin, ma baïonnette plantée dans le menton, et un jour j'en ai discuté avec Rufe Yeomans. Il m'a dit que je n'avais rien à me reprocher. Tous les copains à qui j'en ai parlé m'ont dit la même chose. Et j'ai donc fini par oublier toute cette histoire d'Allemand. C'est seulement après la fin de la guerre, après ma démobilisation, que je me suis remis à penser à lui. Il est revenu très progressivement. Au début, j'ai eu l'impression que la bague était toujours à mon doigt et que je n'arrivais pas à l'enlever. Je me réveillais en pleine nuit en train de tirer dessus de toutes mes forces. Après j'avais honte d'avoir eu peur, je me rallongeais, j'essayais de me rendormir. Au bout d'un moment, j'ai fini par voir son visage apparaître dans mes rêves. Et puis une nuit où j'étais complètement réveillé, j'ai su qu'il était là avec moi dans la pièce, même si je ne pouvais pas le voir. Je suis resté couché en sachant qu'il était là. Si je ne bouge pas, il va repartir, j'ai pensé. Je n'ai rien à me reprocher. Il partira tout seul. Mais l'Allemand ne voulait pas partir. Pour finir, il était là même pendant la journée. Il était avec moi quand je me réveillais le matin. Il venait avec moi quand j'allais au travail. Il me suivait partout. Je n'arrivais plus à travailler, et j'ai perdu mon boulot. Alors j'ai loué une petite chambre dans Front Street où personne ne me connaissait. J'ai changé de nom en pensant que je pouvais me cacher de lui, mais c'était impossible. Il m'a retrouvé dès le premier soir, il est entré avec moi dans la petite chambre à l'instant où j'ai ouvert la porte.

Quand j'ai compris qu'il était là, je me suis allongé sur mon lit et j'ai pleuré. Je savais que ce n'était plus la peine de lutter contre lui. Plus la peine d'essayer de fuir. Jusqu'ici, je ne le voyais pas quand j'étais éveillé, mais ce soir-là, je l'ai vu. Il a surgi tout à coup au pied de mon lit, il me regardait. Je voyais les marques que les clous de mes brodequins avaient laissées sur son visage. Ma baïonnette dépassait toujours de sous son menton, enfoncée tellement loin que le manche lui touchait à peine la poitrine. Puis il m'a parlé :

— Enlève-moi cette baïonnette du cerveau.

J'ai dit :

— Je l'enlèverais volontiers si je pouvais, mais je ne peux pas : elle est enfoncée trop profond.

Alors il m'a tendu la bague que j'avais jetée.

— Mets ma bague! il a dit. Passe-la à ton doigt.
J'ai avancé la main, il a enfilé la bague à mon doigt.
— Porte-la toujours, il a dit. Porte-la toujours et à jamais!
J'avais la gorge sèche et mon cœur cognait à toute vitesse. J'ai posé mes mains tremblantes sur mes yeux, je les ai fermés bien fort, mais je n'arrivais pas à le faire disparaître. Il restait debout à côté de mon lit, à attendre, et il ne voulait pas s'en aller. Il a fini par parler encore, sa voix était pleine d'étonnement et de douceur :

— Quand j'ai levé les yeux ce matin-là et que je t'ai vu sur le sentier, ma première idée, ça a été de venir vers toi pour te donner un bout de pain. Je voulais te poser des questions sur l'Amérique. Il y avait des tas de choses dont on aurait pu parler. Tu aurais pu me parler de chez toi, et moi de chez moi. On aurait pu aller chercher des nids d'oiseaux dans les bois, on aurait ri et discuté ensemble. Et puis une fois qu'on se serait mieux connus, je t'aurais montré une photo de ma fiancée et je t'aurais lu des passages de ses lettres.

Il s'est tu et m'a regardé.

— Pourquoi est-ce que je n'ai pas fait ce que je voulais faire? il a demandé lentement...

— Je ne sais pas! j'ai dit.

Je me suis adossé contre la tête de mon lit, mais je n'arrivais pas à le regarder dans les yeux. Il restait silencieux, et au bout d'un moment je me suis remis à parler.

— Je t'ai vu en train de manger ton pain avant que tu me voies. Avant que tu tournes la tête, je t'ai souri, tu me rappelais tellement un gars de chez moi, il était tout le temps en train de rire et de raconter des blagues. Il s'appelait Arthur Cronin et on jouait tous les deux dans l'orchestre du lycée. Il essayait de se faire pousser la moustache, lui aussi, mais elle poussait pas bien et les filles le charriaient à cause de ça... Au début, j'ai eu envie de rire et de venir m'asseoir à côté de toi pour te raconter...

— Pourquoi tu l'as pas fait? il a demandé.

— Je sais pas, j'ai dit.

— Pourquoi tu m'as tué ? il a demandé avec tristesse. Pourquoi t'as voulu faire ça ?

— Je le referais pas ! j'ai murmuré. Devant Dieu, je jure, je le referais pas !

L'Allemand hochait la tête de gauche à droite ; puis il a levé les bras, il les a ouverts devant lui…

— La seule chose qu'on sait, c'est que la vie est douce et qu'elle ne dure pas longtemps. Pourquoi faudrait-il que les gens s'envient ? Pourquoi nous nous détestons ? Pourquoi nous ne pouvons pas vivre en paix dans ce monde qui est si beau et si vaste ?

Je me suis allongé sur le dos, j'ai appuyé mon oreiller contre ma bouche, j'ai frappé le lit de mes poings sans force. Je sentais de la glace qui coulait de mon cœur vers ma tête, de mon cœur vers mes pieds. Mes mains aussi étaient froides et dégoulinaient de sueur, mais mes lèvres étaient desséchées et restaient collées ensemble. Quand c'est devenu insupportable, j'ai sauté du lit, je tremblais dans l'obscurité de la chambre, le corps plaqué au mur…

— Je ne sais pas, j'ai murmuré, je suis incapable de répondre à tes questions…

Alors quelqu'un qui n'était pas moi est entré dans mon corps et s'est mis à crier avec ma voix et à taper contre la porte avec mes mains.

— Je ne sais pas ! Je ne sais pas ! Je ne sais pas ! il ne cessait de répéter, et sa voix devenait de plus en plus forte.

Soldat Colin Urquhart

En trente ans de métier de soldat, j'ai vu beaucoup de choses, et j'ai observé la réaction de quantité d'hommes à la douleur, à la faim et à la mort, mais tout ce que j'ai appris, c'est qu'aucun homme ne réagit comme un autre, et que de cette expérience aucun ne ressort le même. Je n'ai jamais cessé d'être fasciné par cette chose qu'on appelle la nature humaine, qui a ses heures de beauté et ses heures d'abjection, ni par l'océan de bêtise calme qui s'étend entre les deux.

Je n'ai ni théories ni remèdes à proposer. Mais tout ce que je sais, malgré tout, c'est qu'il devrait y avoir au nom de l'humanité une loi rendant obligatoire l'exécution de tout soldat qui a servi au front et réussi à y échapper à la mort. Il est bien entendu impossible qu'une telle loi soit votée : car les chrétiens qui prient dans leurs églises pour la destruction de leurs ennemis et glorifient la barbarie de leurs soldats en les couvrant de bronze – ces mêmes personnes jugeraient cette mesure sauvage et cruelle et courraient aux urnes pour la rejeter.

Lieutenant James Fairbrother

Loin de moi l'idée de refuser à quiconque le droit de s'exprimer librement, mais ces propagandistes pacifistes sont en train de faire de notre nation une nation de poltrons et de chiffes molles. On devrait les bâillonner et les enfermer dans les seuls endroits qu'ils méritent de fréquenter. Laissez-moi vous dire une chose et, s'il vous plaît, réfléchissez bien à ce que je vais vous dire : tant que les États-Unis continueront de dominer le monde par leur intelligence, leur richesse et leur culture, alors les autres nations continueront de nous envier notre bonheur et de redouter notre prospérité... Il faut voir la réalité en face, que vous le vouliez ou non !...

Pourquoi croyez-vous que l'Italie soit en train de former des soldats et de prôner le militarisme ? Ouvrez les yeux, regardez autour de vous ! Voyez le Japon ! Les Japonais sont prêts à nous sauter à la gorge à la première occasion ! Et l'Angleterre nous déteste ! Je vous le répète, mes amis : nos "cousins d'outre-Atlantique" nous détestent !... Et je sais de quoi je parle, je vous le garantis !... "Tous les hommes sont frères", mais bien sûr. Je rirais si le danger n'était pas partout. Car il ne faut pas non plus ignorer l'Allemagne. Quel manque de lucidité de notre part, d'avoir laissé les Allemands se remettre sur pieds. Et la France n'a aucune affection pour nous : ceux qui ont vu la façon dont elle a traité nos braves soldats – nos propres fils, à vous et à moi, messieurs – le savent très bien !...

Et je vous garantis que ce que je sais, je ne l'ai pas entendu dire. Tout ce que je vous dis, je le sais de première main. J'ai moi-même participé à la dernière guerre. Je me suis engagé alors que j'aurais pu rester chez moi et demander à être exempté pour rester auprès de ma femme et de mes enfants. Mais aucun homme qui porte en lui une pointe de patriotisme ou une once de virilité ne ferait une chose pareille!... Et, mes amis, je vous le répète: je ne regrette pas le pied que j'ai perdu en traversant la Meuse au cours de cette terrible nuit du 10 novembre: j'ai sacrifié ce pied sur l'autel de l'honneur de mon pays; et je suis fier, mes chers concitoyens, que vous m'ayez manifesté votre confiance en me choisissant encore une fois pour être votre porte-parole à la Chambre des représentants...

Soldat Rufus Yeomans

Venez donc dîner un soir à la maison avec nous, ma moitié serait folle de joie d'avoir le capitaine de mon ancienne compagnie à dîner. Elle dit qu'elle a l'impression qu'elle vous connaît déjà. Sans blague ! C'est que c'est vrai. Dites-moi quand vous pouvez venir, qu'elle puisse nous préparer un bon petit repas. Vous savez comment elles sont, hein, les femmes pour ces choses-là... Mais au fait, on a qu'à fixer une date maintenant. On n'a qu'à dire jeudi prochain, tiens. Il y aura Marlène Dietrich ce soir-là au Bijou, et on pourra y aller après si on en a marre de parler de la guerre. D'accord. Parfait. Amenez donc Mme Matlock si elle veut venir aussi...

Alors je vais vous expliquer comment on vient chez nous : vous prenez le ferry qui part de Cortland Street à 17 h 04. Vous êtes rendu à Jersey City à temps pour le 17 h 18. Prenez bien celui de 17 h 18 et pas celui de 17 h 15, parce que le 17 h 18, c'est un express, et vous arrêtez pas de ce côté-ci de Westfield. Descendez à Durwood, passez trois pâtés de maisons, jusqu'au... Ah ! mais non, laissez tomber. Vous arrivez à la gare et je vous attendrai dans la Ford. Bon sang ! quelle veine, ça, alors – vous croiser comme ça dans la rue ! Et vous me lâchez pas, hein, ce coup-là. Je vous chercherai... Laissez tomber, va ! On parlera de tout ça jeudi. On va en avoir des choses à se raconter sur le passé.

Soldat Sam Ziegler

On se baladait en voiture dans l'Est avec ma femme et les mômes cet été-là, et puis j'ai eu envie de retourner voir mon ancien camp d'instruction. Ma femme a rué dans les brancards quand je lui ai parlé de mon idée, mais on a fini par décider que pendant ce temps-là elle pouvait aller rendre visite à sa sœur à Washington avec les mômes et que je les rejoindrais là-bas le mercredi suivant.

Quand je suis arrivé au camp, je suis allé voir le commandant et je lui ai dit mon nom et celui de mon ancienne unité. Il a été très gentil avec moi. Il m'a montré un tableau d'effectifs de la caserne, je l'ai regardé pour voir si des gars avec qui j'avais servi étaient en garnison. J'ai fini par tomber sur ce nom : Michael Riggin...

— Ce bon vieux Pig Iron Riggin ! je me suis exclamé. Ben ça alors, si je m'y attendais !

— Est-ce que vous voudriez le voir ? m'a demandé le commandant.

— Oui, mon commandant, j'ai répondu. Absolument. Je voudrais bien lui reparler du passé.

L'officier a donc envoyé chercher Pig Iron, et un petit peu plus tard on se promenait dans le camp tous les deux. J'ai pensé que ça me ferait plaisir de revoir le dortoir qu'on avait occupé avant la traversée, alors Pig Iron a demandé les clés et on y est allés. Sur les murs, il y avait des tas de petites plaques argentées qui indiquaient l'emplacement du lit de chaque homme.

— C'est une excellente idée, j'ai dit.
Et puis j'ai réfléchi un moment.

— Dans mon souvenir, mon lit devait être près du poêle à l'époque, j'ai dit.

Alors je suis allé voir le mur à cet endroit-là, et oui, il y avait bien une plaque, avec mon nom dessus. Ça m'a fait drôle de me trouver face à cette plaque, à la regarder. Ensuite on s'est mis à lire les autres plaques avec Pig Iron...

— Frank Halligan, j'ai lu... Ça fait bien des lustres que j'ai pas repensé à cette vieille bourrique ! Qu'est-ce qu'il est devenu, Pig Iron ?

— Il est toujours dans l'armée, quelque part, Riggin a dit. Mais je saurais pas où exactement.

Pig Iron regardait lui aussi les plaques.

— Rowland Geers... est-ce que c'est pas le gars qui avait traversé la Meuse à la nage quand le pont avait sauté ?

— Peut-être, j'ai dit, je me rappelle pas.

— Carter Atlas, lui, je m'en souviens, a dit Pig Iron en riant. C'est lui qui avait balancé sa gamelle un soir qu'on nous avait resservi de la colle.

— Je me souviens pas de lui, j'ai dit. J'arrive pas à le remettre.

— John Cosley a perdu un bras, a continué Pig Iron, ou alors est-ce que c'était Ollie Teclaw ? En tout cas, je me rappelle que j'ai fait un garrot à un des deux et qu'il arrêtait pas de me dire que je serrais trop fort. John Cosley, tu t'en souviens, de lui ? Un grand gars, les cheveux roux...

J'étais là à réfléchir, à essayer de me rappeler le visage des hommes avec qui j'avais servi, mais je n'y arrivais pas. Je me suis rendu compte, alors, que je ne me serais pas rappelé la tête de Riggin lui-même si je n'avais pas su avant qui il était. J'ai commencé à me sentir triste, tout ça s'était passé il y avait tellement longtemps, il avait tellement de choses que j'avais oubliées. Je regrettais d'être venu au camp. Pig Iron et moi, on restait plantés là, à se regarder. On n'avait rien à se dire, finalement. On a refermé l'ancien bâtiment et puis on est sortis.

CATALOGUE

Collection Nature Writing

Edward Abbey	*Désert solitaire*
	Un fou ordinaire
	Le Gang de la Clef à Molette
	Le Retour du Gang
Rick Bass	*Le Livre de Yaak*
Ron Carlson	*Le Signal*
	Cinq ciels
Kathleen Dean Moore	*Petit traité de philosophie naturelle*
James Dickey	*Délivrance*
Pete Fromm	*Indian Creek*
	Avant la nuit
	Chinook
	Comment tout a commencé
John Gierach	*Traité du zen et de l'art de la pêche à la mouche*
	Truites & Cie
	Mêmes les truites ont du vague à l'âme
	Là-bas, les truites…
Roderick Haig-Brown	*Le Printemps du pêcheur*
John Haines	*Vingt-cinq ans de solitude*
Robert Hunter	*Les Combattants de l'Arc-en-Ciel*
Bruce Machart	*Le Sillage de l'oubli*
Howard McCord	*L'Homme qui marchait sur la Lune*
John McPhee	*Rencontres avec l'Archidruide*
Kent Meyers	*Twisted Tree*
Doug Peacock	*Une guerre dans la tête*

Rob Schultheis	*L'Or des fous*
	Sortilèges de l'Ouest
Mark Spragg	*De flammes et d'argile*
Terry Tempest Williams	*Refuge*
Alan Tennant	*En vol*
David Vann	*Sukkwan Island*
	Désolations
	Impurs
John D. Voelker	*Itinéraire d'un pêcheur à la mouche*
	Testament d'un pêcheur à la mouche
Lance Weller	*Wilderness*

Collection Noire

Edward Abbey	*Le Feu sur la montagne*
Bruce Holbert	*Animaux solitaires*
Craig Johnson	*Little Bird*
	Le Camp des Morts
	L'Indien blanc
	Enfants de poussière
	Dark Horse
William G. Tapply	*Dérive sanglante*
	Casco Bay
	Dark Tiger
Jim Tenuto	*La Rivière de sang*
Trevanian	*La Sanction*
	L'Expert
	Shibumi
	Incident à Twenty-Mile
	The Main
Benjamin Whitmer	*Pike*

Collection Americana

Viken Berberian	*Das Kapital*
Adam Langer	*Les Voleurs de Manhattan*
William March	*Compagnie K*
Larry McMurtry	*Et tous mes amis seront des inconnus*
Greg Olear	*Totally Killer*
Tom Robbins	*Comme la grenouille sur son nénuphar*
	Une bien étrange attraction
	Un parfum de jitterbug
Terry Southern	*Texas Marijuana et autres saveurs*
Mark Sundeen	*Le Making Of de "Toro"*
Tony Vigorito	*Dans un jour ou deux*
William Wharton	*Birdy*
Stephen Wright	*Méditations en vert*

www.gallmeister.fr

*Cet ouvrage a été imprimé sur du papier
dont les fibres de bois proviennent
de forêts durablement gérées*

CET OUVRAGE A ÉTÉ COMPOSÉ PAR
ATLANT'COMMUNICATION
AU BERNARD (VENDÉE).

ACHEVÉ D'IMPRIMER
PAR L'IMPRIMERIE FLOCH À MAYENNE
EN JUIN 2013
POUR LE COMPTE DES ÉDITIONS GALLMEISTER
14, RUE DU REGARD
PARIS 6ᵉ

DÉPÔT LÉGAL : JUILLET 2013
1ʳᵉ ÉDITION
N° D'IMPRESSION : 85083
IMPRIMÉ EN FRANCE